KB012200

데이트 어 라이브 18 미오 게임오버

"……덤비렴, 나의 귀여운─ 딸들아."
시원의 정령─ 미오

정령— 토비이치 오리가미

정령— 야토가미 토카

"후— 하하, 하하하하하하하하하하……!"
DEM 상무이사—아이작 레이 펠럼 웨스트코트

할반 헤레브
"―【최후의 검】!"
고교생― 이츠카 시도

"응……『좋아해』. 나, 신을 정말 좋아해."

"──괜찮아.
걱정하지 마, 신.
전부, 나한테 맡겨."

CONTENTS

단장(斷章)/1　　Memory ──────────── 013
제 1 장　　정령의 근원 미오 ──────── 019
단장(斷章)/2　　Friends ──────────── 077
제 2 장　　세 명의 마술사 ────────── 089
단장(斷章)/3　　School ──────────── 129
제 3 장　　세계수의 잎은 떨어지고 ─── 137
단장(斷章)/4　　Date ──────────── 195
제 4 장　　최초(最初)는 최후(最後)와 대치하고 ── 203
단장(斷章)/5　　Ocean ──────────── 253
제 5 장　　방아쇠를 당기는 자는 ──── 261

후　　기 ────────────────── 311

DATE

A

LIVE

데이트 어 라이브

18

글 : **타치바나 코우시**

그림 : **츠나코**

옮긴이 : **이승원**

THE SPIRIT
정령(精靈)

인계(隣界)에 존재하는 특수 재해 지정 생명체. 발생 요인, 존재 이유 둘 다 불명.
이쪽 세계에 모습을 드러낼 때, 공간진(空間震)을 발생시켜 주위에 심각한 피해를 끼친다.
또한, 엄청난 전투 능력을 보유하고 있음.

WAYS OF COPING1
대처법1

무력을 통한 섬멸.
단, 위에서 말했듯 매우 강대한 전투 능력을 보유하고 있기 때문에 달성 가능성이 극도로 낮음.

WAYS OF COPING2
대처법2

──데이트를 해서, 반하게 만든다.

미오 게임오버

Gameover MIO
SpiritNo.0
AstralDress-DeusType
Weapon-FlowerType[Ain Soph Aur] TreeType[Ain Soph] ???Type[Ain]

단장(斷章)/1 Memory

"……으음, 미오. 혹시 괜찮다면—."

어느 날.

타카미야 신지가 볼을 붉힌 채 더듬더듬 입을 열었다.

"다음 주 일요일에, 나와…… 데, 데, 데……."

우물쭈물하면서도, 크게 심호흡을 하여 마음을 가다듬은 후, 눈을 치켜뜨고 말을 이었다.

"데……, 데이트 안 할래……?!"

그리고 혼신의 힘을 담아 그렇게 말하더니, 눈앞의 인물을 응시했다.

하지만 눈앞에 있는 이는 아무 말도 하지 않았다.

그도 그럴 것이, 그의 눈앞에 있는 이는 중성적인 외모를 지닌 상냥한 인상의 소년— 즉, 신지 본인이니 말이다.

그렇다. 이곳은 신지의 방이다. 그리고 신지는 아까부터 거울 앞에서 여자아이에게 데이트 신청을 하는 연습을 하고 있었다.

"……하아."

신지는 땅이 꺼져라 한숨을 내쉬면서 고개를 푹 숙였다.

……애초부터 잘 할 수 있을 거라고 생각하지는 않았지만, 예상했던 것보다 훨씬 엉망진창이었다. 거울 앞에서 하는 예행연습인데도 이렇게 긴장해서야, 당사자한테 데이트 신청을 할 수 있을 리가 없다.

하지만 그것도 무리는 아니다.

신지는 올해로 열일곱 살이다. 감수성이 풍부한 고등학교 2학년인 것이다. 하지만 소극적인 성격 때문인지, 지금까지 여자아이와 사귀어 본 것은 고사하고, 고백조차 해본 적이 없다. ―그저, 이런 일에 극단적일 정도로 면역이 없을 뿐이다.

"……."

하지만― 신지는 입술을 꾹 깨물었다.

확실히 신지는 지금까지 여자아이에게 데이트를 신청해 본 적이 없다. 하지만, 그가 지금 마음에 품고 있는 감정은 그런 긴장감에서만 비롯된 것이 아니다.

그녀의 얼굴을 떠올리면, 가슴이 뛰었다.

그녀의 이름을 입에 담을 때마다, 호흡이 거칠어졌다.

그녀를 위해서라면 뭐든 할 수 있다고, 진심으로 생각했다.

신지도 어엿한 고등학생이다. 신경이 쓰였던 여자아이가

한두 명 정도는 있었다. 아름다운 선배를 동경한 적도 있고, 무방비하게 자신을 대하는 동급생 때문에 가슴이 뛴 적도 있다.

하지만 지금 생각해보면, 그 감정은 사랑이라고 부를 수 있는 것이 아니었다.

아아― 분명 이것이, 사랑이다.

타카미야 신지는 이 나이가 되어서야 남들보다 뒤늦게 첫사랑을 경험한 것이다.

"……조금만 더, 노력해볼까?"

신지는 스스로를 격려하듯 그렇게 말한 후, 아까 전과 약간 각도를 바꿔 거울 앞에 섰다.

"―미, 미오. 좋은 아침이야. 날씨가 좋네. 나와 같이 외출 안 할래?"

신지는 아까보다 꽤 부드러운 어조로 그렇게 말했다. 하지만 그는 낮은 신음을 흘렸다.

확실히 자연스럽기는 했지만, 이래서야 예전에 미오와 단둘에서 외출했을 때와 딱히 다를 게 없다. ……단둘이 외출하는 것과 데이트가 뭐가 다르냐고 누군가가 묻는다면 답하지 못할 것 같지만 말이다. 아무튼 신지는 미오가 『신지와 데이트를 하고 있다』고 생각해줬으면 했다.

조금 부끄럽지만, 역시 『데이트』라는 말을 언급할 수밖에 없을 것 같다. 신지는 숨을 가다듬고 거울 속의 자신과 다시 눈을 맞췄다.

"저, 저기, 미오. 이번에 나와…… 데, 데이트 안 할래요?"

느닷없이 존댓말을 쓰고 말았다. 신지는 어험 하고 헛기침을 한 후, 다시 입을 열었다.

"미오, 나와 데이트하지 않을래?"

훈련을 한 덕분에 조금씩 익숙해지는 것 같았다. 신지는 좀 더 노력해보자고 생각하며 진지한 표정을 지었다.

"미오, 나와 데이트하자."

"—응."

바로 그때였다.

신지가 말을 한 순간, 등 뒤에서 그런 목소리가 들려왔다.

신지는 자신이 훈련에 너무 몰두한 탓에 머릿속에 가상의 미오가 생긴 것이라 생각했다. 하지만 그런 것치고는 목소리가 지나치게 생생할 뿐만 아니라, 귀에 익었다.

"……윽?!"

신지는 허둥지둥 뒤를 돌아보았다.

그러자 어느새 자신의 뒤편에 서 있는 아름다운 소녀가 눈에 들어왔다.

"미, 미오……?"

"응. 신, 왜 그래?"

신지가 말을 걸자, 그녀는 영문을 모르겠다는 듯이 눈을 동그랗게 뜨면서 고개를 갸웃거렸다.

그렇다. 그녀는 바로 신지의 첫사랑인 타카미야 미오 본인이었다.

"어, 언제부터 거기 있었던 거야⋯⋯?"

"아까부터 있었어. 그것보다 신, 언제 할 거야?"

"응⋯⋯?! 뭐, 뭘⋯⋯."

"그러니까, 데이트 말이야."

"⋯⋯윽!"

신지는 그 말을 듣고 숨을 삼켰지만, 겨우겨우 목소리를 쥐어짜냈다.

"아, 으음⋯⋯ 다, 다음 주 일요일⋯⋯ 어때?"

"알았어. 기대하고 있을게. 참, 그러고 보니 마나가 아래층에서 신을 찾고 있어."

미오는 그렇게 말한 후, 밝은 미소를 지으면서 신지의 방에서 나갔다.

"⋯⋯."

그런 미오의 등을 멍하니 쳐다보던 신지는 곧 무너지듯 바닥에 주저앉았다.

제1장 정령의 근원 미오

전장에서는 소리가 멎지 않는다.

총성. 폭음. 비명. 고함. 원성. 정령과 마술사가 뒤엉켜 싸우고 있는 이곳에서는 거기에 영력과 마력이 작렬하는 소리도 추가되리라.

온갖 절규가 터져 나오고, 온갖 파괴음이 그 소리를 집어삼켰다. 그 광경은 지상에 재현된 지옥 그 자체였다. 한순간 긴장을 풀었다간 그대로 저승사자에게 끌려가고 말 듯한, 그런 수라장이 펼쳐지고 있었다.

하지만, 그런 와중에…….

"―"

이츠카 시도는 기묘한 정적에 사로잡혀 있었다.

딱히 시도의 주위에서만 소리가 잦아든 것도 아니며, 격렬한 폭발음 때문에 고막이 찢어진 것도 아니다.

그저— 눈앞에서 벌어지고 있는 광경에 온 신경이 쏠린 나머지, 주위의 소리가 들리지 않았다.

"아, 아……."

부자연스러운 정적 속에서, 한 소녀의 고통에 찬 신음만이 주위에 희미하게 울려 퍼지고 있었다.

서로 색깔이 다른 두 눈을 크게 치켜뜬 그녀의 비대칭으로 묶은 좌우의 머리카락 끝이 희미하게 떨렸다. 눈처럼 새하얗던 피부는 새파랗게 질렸으며, 그녀의 가련한 얼굴에는 죽음의 그림자가 드리워져 있었다.

토키사키 쿠루미. 최악의 정령이라 불렸던 그녀의 평소 모습만 봐서는 상상조차 할 수 없을 광경이었다.

하지만 그것도 무리는 아니었다.

그녀의 가슴에는 현재, 새하얀 팔이 **자라나** 있었던 것이다.

비유도, 과장도 아니다. 쿠루미의 가련한 몸 안에서 누군가가 억지로 기어 나오려 하듯, 천천히 손가락 끝을 꼼지락거리고 있었다. 그 모습은 마치 한 송이 꽃이 피어나려 하는 것처럼 보였다.

—우지직, 하는 소리와 함께, 『팔』의 근원에 해당하는 부분이 모습을 드러냈다.

모습을 드러낸 이는 바로 한 소녀였다.

"아—."

소녀의 얼굴을 본 시도는 반쯤 무의식적으로 신음을 흘렸다.

너무나도— 가련한 소녀였다.

 비단실처럼 윤기 넘치는 머리카락, 투명해 보이는 새하얀 피부, 나른해 보이는 빛깔을 띤 눈동자 또한 그녀의 아름다움에 일조하고 있는 것 같았다.

 아니, 그것만이 아니다.

 확실히 아름다운 소녀이기는 했다. 하지만 그것만으로는 시도가 느낀 이 가슴의 고동이 설명되지 않았다.

 만약 전생(前生)이라는 것이 존재한다면, 분명 자신과 그녀는 깊은 사이였을 것이 틀림없다— 그런 근거 없는 상상이 자연스럽게 들 만큼, 강렬한 동경심이 시도를 휘감았다.

 유전자가, 혼(魂)이, 시도라는 존재를 구성하고 있는 모든 요소가 그녀를 갈구하고 있는 듯한 느낌마저 들었다.

 그 하나하나를 따로 떼어내서 본다면, 연모나 애정 같은 말로 표현할 수 있으리라. 하지만 그런 것들이 몇 겹으로 포개지며 극한까지 압축되자, 그것은 저주라는 표현이 적절할 것처럼 느껴졌다.

 "커……억……!"

 "……윽!"

 그때, 포효에 가까운 쿠루미의 신음 소리에 시도는 화들짝 놀라며 어깨를 부르르 떨었다.

 "〈각각제(刻刻帝)〉……!"

 쿠루미는 핏발선 눈을 치켜뜨고 고풍스러운 단총을 고쳐

쥐었다. 그 순간, 총구에 농밀한 그림자가 빨려 들어갔다.

그리고 자신의 가슴에서 튀어나온 소녀를 향해 총을 겨누고 방아쇠를 당겼다.

하지만 바로 그때, 소녀가 쿠루미의 몸을 도려내듯 몸을 비틀었다.

"크……윽……!"

쿠루미가 고통에 찬 신음을 흘리더니, 발사된 총탄은 소녀의 피부를 스치며 한참 떨어진 곳으로 날아갔다.

소녀는 눈을 가늘게 뜨며 입을 열었다.

"……미안해, 토키사키 쿠루미. 그리고 고마워. 네 덕분에, 나는 다시 그의 앞에 설 수 있게 됐어."

"헛, 소, 리……."

쿠루미는 거친 숨을 내쉬면서 소녀를 향해 다시 총을 겨누려 했다.

하지만 쇠약해진 몸이 소녀의 무게를 견뎌낼 수가 없는지, 쿠루미는 그대로 바닥에 쓰러지고 말았다.

그런 쿠루미의 가슴팍에서 실오라기 하나 걸치지 않은 소녀가 완전히 모습을 드러내고 자신의 두 발로 섰다.

"크……으……."

쿠루미는 그 비현실적인 광경을 망연자실하게 쳐다보더니, 가느다란 숨을 겨우겨우 내쉬며 쥐어짜낸 듯한 목소리로 입을 열었다.

"시……도, 씨…… 도망……."

하지만 말을 끝까지 잇기 직전에 피를 토한 쿠루미는 몸을 축 늘어뜨리더니, 더는 아무 말도 하지 못했다.

"""……윽?!"""

다음 순간, 주위에서 꿈틀거리고 있던 수많은 쿠루미의 분신들이 고통스러워하듯 가슴을 움켜쥐었다. 그리고 그 분신들의 몸이 칠흑빛 그림자로 변해갔다.

"아……."

그 광경을 본 시도는 좋든 싫든 인정할 수밖에 없었다.

죽음. 모든 생명체에게 찾아오는 종언.

그것이 방금, 쿠루미에게 찾아왔다는 사실을 말이다.

"……."

알몸인 소녀는 쓰러져 있는 쿠루미를 내려다보았다. 그리고 무릎을 천천히 굽혀 몸을 숙이더니, 쿠루미의 치켜뜬 두 눈을 상냥히 감겨줬다. 그러자 고통에 찬 쿠루미의 표정이 평온한 얼굴로 변했다.

"아니……."

영문을, 알 수 없었다.

쿠루미를 죽인 이는 바로 저 소녀다. 하지만 그녀로부터 쿠루미를 향한 경의와 끈끈한 정이 느껴졌다.

아니— 모르는 것은 그것만이 아니었다.

대체 그녀는 누구인가. 왜 쿠루미의 몸 안에서 나온 것인

가. 초면인 그녀를 본 순간부터, 시도의 가슴 속에서 미친 듯이 소용돌이치고 있는 이 감정은 대체 무엇인가.

시도가 느끼고 있는 당혹스러움을 전부 꿰뚫어본 것처럼, 그녀는 몸을 일으키더니 시도를 향해 돌아섰다.

"……오랜만이야. 드디어 만났네— 신."

"신……?"

그 호칭을 듣고, 시도는 망연자실한 목소리로 그렇게 중얼거렸다.

물론 그것은 시도의 이름이 아니다.

하지만 시도는 자신을 그런 이름으로 부르는 사람을 딱 한 명, 알고 있다.

"……후후."

그녀는 시도가 혼란스러워한다는 것을 눈치채고 미소 지었다. 그리고 천천히 걸음을 옮기더니 시도를 향해 손을 뻗었다.

시도는 자신이 무의식적으로 떨고 있다는 사실을 깨달았다. 하지만, 움직일 수 없었다. 마치, 그녀가 하는 일을 시도의 몸이 무조건적으로 받아들이고 있는 듯한 느낌마저 들었다.

그녀는 시도의 얼굴에 살며시 손을 대더니, 그대로 그의 이마에 자신의 이마를 맞댔다.

그러자, 다음 순간—.

"어……?"

머릿속으로 엄청난 양의 정보가 흘러들어오자, 시도는 무심코 눈을 치켜떴다.

　아니, 정확하게는 흘러들어오는 것이 아니라, 원래부터 자신의 내면에 있던 기억이 터져 나왔다는 것이 적절한 표현일지도 모른다.

　"윽……! 어……?!"

　노도처럼 밀려온 정보들이 시도의 머릿속에서 휘몰아쳤다. 마치 머릿속의 댐이 무너진 것만 같은 느낌이었다. 날카로운 두통 때문에 그대로 무릎을 꿇을 뻔 했다.

　"아…… 아―."

　하지만, 시도는 무릎을 꿇지 않았다. 시도는 욱신거리는 머리를 손으로 짚고 눈앞에 있는 소녀를 지그시 쳐다보았다.

　그리고…….

　"―미, 오……?"

　알 리가 없는, 소녀의 이름을 입에 담았다.

◇

　"앗……?!"

　전장으로 변한 텐구시 상공. 탄약과 마력광이 흩날리고 있는 가운데, 공중함 〈프락시너스〉 함장인 이츠카 코토리는 당혹스러운 나머지 경악에 찬 목소리를 내고 말았다.

사령관으로서는 칭찬받을 만한 행위는 아니다. 특히 전투 중인 배는 하나의 생물이다. 상관이 당황하면, 그 당황은 부하들에게 퍼져나가면서 배 전체의 성능을 떨어뜨릴 수도 있는 것이다. 그 어떤 사태에 직면하더라도 함장은 초연해야만 한다. 설령 그 함장이 귀여운 10대 소녀일지라도 말이다.

　하지만, 그 누구도 그런 반응을 보인 코토리를 꾸짖지 않았다.

　다들 코토리와 마찬가지로 모니터에 비친 광경에서 눈을 떼지 못하고 있었다.

　"토, 토키사키 쿠루미의 생명반응…… 소실됐습니다……."

　승무원의 당황한 목소리가 함교에 울려 퍼졌다.

　그렇다. 방금까지 시도와 힘을 합쳐 싸우고 있던 정령, 토키사키 쿠루미의 가슴을 찢으며 정체불명의 소녀가 모습을 드러낸 것이다.

　"저, 저 녀석은 대체 뭐야……."

　코토리는 미간을 찌푸리며 그렇게 중얼거렸지만, 그녀는 데자뷔를 느꼈다.

　처음 보는 소녀. 그것은 틀림없다.

　하지만 어째서일까. 코토리는 저 소녀가 누군가를 닮은 듯한 느낌을 받았다.

　『……오랜만이야. 드디어 만났네— 신.』

　화면에 비친 소녀는 상냥한 어조로 시도를 향해 속삭이듯 그렇게 말했다.

"윽―."

코토리는 그 말을 듣고 숨을 삼켰다.

눈치채고 만 것이다. 아까부터 코토리의 가슴속에 응어리처럼 존재하던 위화감의 정체를…….

알고 만 것이다. 아까부터 뇌리를 스치고 있던 데자뷔의 정체를…….

코토리는 함장석에서 몸을 내밀고, 팔걸이에 체중을 싣는 듯한 자세로 함교의 왼편을 쳐다보았다.

〈라타토스크〉의 우수한 기관원이자 코토리의 둘도 없는 친구이기도 한, 무라사메 레이네 해석관이 앉아 있는 자리를 말이다.

「신」이라는 호칭.

그리고, 저 소녀의 덧없으면서도 아름다운 얼굴 생김새.

그렇다. 시도 앞에 서 있는 소녀는 마치 레이네를 몇 살 어리게 만든 듯한 외모를 지니고 있었다.

"……."

레이네는 그저 아무 말 없이 모니터를 응시하고 있었다.

그녀의 얼굴은 평소와 마찬가지로 태연했으며, 왠지 졸린 것처럼 보였다. 평소 같았으면 그 모습이 믿음직해 보였겠지만, 코토리는 그 모습이 소름 돋을 정도로 무시무시해 보였다.

"……레이네, 부탁이야."

몇 초 후, 코토리는 애원하듯 떨리는 목소리로 입을 열었다.

"내 바보 같은 생각을 부정해줘. 단순한 우연이라고 말하며 웃어줘. 평소처럼, 나를 꾸짖어줘."

"……코토리."

레이네는 코토리의 말에 답하듯 가는 숨을 내쉬었다. 그리고—.

"……너는 정말 똑똑한 애야."

코토리가 가장 듣고 싶지 않았던 말이, 레이네의 입에서 흘러나왔다.

"—."

심장이 옥죄어드는 느낌이 들었다. 무의식적으로 호흡이 흐트러지더니, 땀 때문에 등이 축축해졌다.

하지만, 코토리는 〈라타토스크〉의 사령관이다. 이성일까, 감정일까. 무엇에 따른 것인지는 본인도 모르지만, 코토리는 거의 반사적으로 목소리를 쥐어짜냈다.

"마리아!"

『예.』

코토리의 외침에 답하듯, 함교 스피커에서 소녀의 목소리가 흘러나왔다. 〈프락시너스〉의 관리AI인 『마리아』였다.

다음 순간, 파지직! 하는 소리와 함께 레이네가 손을 얹고 있던 콘솔에서 불똥이 튀었다.

과전류에 의한 전기 쇼크— 침입자가 콘솔을 부정 조작하는 것을 막기 위한 안전장치 중 하나다. 이 정도로 죽지는 않지만, 출력을 높이면 대상자가 한동안 꼼짝 못할 정도의 위력을 낼 수 있다.

"……음. 감정에 흔들리지 않고 냉정하게 판단을 내렸는걸. 또한 과감해."

하지만 레이네는 전기 쇼크를 당했는데도 불구하고 표정 하나 바꾸지 않으며 태연히 자리에서 일어났다.

"""……윽."""

그 비정상적인 광경을 본 함교의 승무원들은 숨을 삼켰다. 함장석 옆에 서 있던 부사령관, 칸나즈키 쿄헤이는 코토리를 지키려는 듯이 자연스러운 동작으로 레이네를 막아섰다.

함교에는 잠시 긴장감으로 가득 찬 침묵만이 흘렀다.

하지만 그 침묵을 깬 것은 바로 레이네의 입에서 흘러나온 뜻밖의 말이었다.

"……고마워, 코토리."

"……뭐?"

코토리는 레이네의 말을 듣고 미간을 찌푸렸다. 그러자 레이네는 담담한 어조로 말을 이었다.

"……너한테는 신세를 많이 졌어. 지금까지 신을 지켜줘서 정말 고마워."

"……."

코토리는 말라버린 목을 침으로 적시면서 말을 이었다.

"무슨 말을 하는 건지 모르겠네. 그게 무슨 소리야? 레이네, 너는 대체 누구야?"

"……아마 네 상상에서 그렇게 벗어나지는 않을 거야."

"말 돌리지 말아줄래? ……저 소녀와 너는 어떤 관계야?"

코토리는 그렇게 말하면서 모니터에 비친 정체불명의 소녀를 힐끔 쳐다보았다.

그러자 레이네는 코토리의 시선을 좇듯 모니터에 비친 소녀를 쳐다보며 말을 이었다.

"……『그녀』는『나』야.『나』그 자체야."

"그게, 무슨……."

"……쿠루미의 분신보다 〈니벨코르〉에 가까워.『그녀』는 『나』이고,『나』는『그녀』야. 의지는 하나지만, 몸은 두 개라고 생각해. 여기 있는 나도 해야 할 일이 있거든. 그래서 나뉘는 편이 나았어. 영결정(靈結晶)을 의심받지 않고 넘겨주는 데도 도움이 됐지."

"뭐─?!"

레이네가 평소와 다름없는 어조로 그렇게 말하자, 코토리는 눈을 크게 떴다.

세피라를, 넘겨준다. 레이네는 분명 그렇게 말했다.

그리고 그 말이 가리키는 진실은 단 하나다. 그것은 바로─.

"〈팬텀〉……?!"

"……."

〈팬텀〉. 인간을 정령으로 만드는 정령이자, 코토리의 적.

코토리가 그렇게 외치자, 레이네는 긍정도 부정도 하지 않으며 눈을 내리깔았다.

"……자, 나도 슬슬 가봐야만 해. 코토리, 너와 함께 보낸 나날은 즐거웠어. 하지만 그것도 끝이야."

"그게 무슨—!"

"……내 소망을 이룰 때가 됐어.

내 비원을 성취할 때가 됐어.

모든 것은 이때를 위해서—.

모든 것은 이 순간을 위해서—.

내가 희생시킨 모든 인간에게 축복을…….

내가 짓밟은 모든 생명에게 감사를…….

나는— 다시 한 번, 그를 손에 넣겠어."

"……윽! 기다려, 레이—."

뭔가 방법이 있었던 것은 아니다. 하지만 가만히 있을 수는 없었다. 코토리는 반사적으로 레이네를 향해 손을 뻗었다.

하지만 레이네가 함교 바닥을 발로 가볍게 찬 순간, 그녀는 공간에 녹아들듯 사라졌다.

"……윽!"

코토리의 손이 허공을 움켜잡았다. 그녀는 금방이라도 울음을 터뜨릴 것처럼 얼굴을 일그러뜨리더니, 레이네를 향해 내밀었던 손으로 함장석의 팔걸이를 내리쳤다.

"레이네……."

시간으로 따지면 5분도 채 흐르지 않았다.

하지만 그 짧은 시간 동안, 코토리의 세계는 명백하게 변해버리고 말았다.

보호대상인 정령이 숨을 거뒀고, 그 누구보다 신뢰했던 친구가, 최악의 적으로 변하고 말았다.

아니, 이런 생각조차 틀린 것이리라.

레이네의 말이 옳다면, 그녀는 코토리를 배신하지 않았다. 처음부터, 코토리의 아군이 아니었던 것이다.

지금까지 코토리와 함께했던 나날은, 레이네에게 있어 허구에 지나지 않았다.

그 잔혹한 현실이, 함대 사령관을 몇 초 동안 실제 나이에 걸맞은 소녀로 되돌려놓았다.

"……."

하지만 계속 이러고 있을 수는 없다. 코토리는 눈가에 맺힌 눈물을 군복 소매로 닦은 후, 날카로운 눈빛을 띠면서 고개를 들었다.

"……전원, 작전을 속행해."

"사, 사령관님."

"하지만……."

함교 하단부에 있던 승무원들이 불안한 표정으로 코토리를 쳐다보았다. 그러자 코토리는 부츠로 힘차게 바닥을 걷어차면서 벌떡 일어섰다.

"아군이 한 명 줄고, 적이 한 명 늘어났어. 그저 그 뿐이야."

그리고 허리춤에서 꺼낸 막대사탕을 입에 집어넣으면서 말을 이었다.

"한낮의 카페에서 차를 마시는 상황이라면 푸념을 늘어놔도 되겠지. 심야의 바에서 술을 홀짝이는 상황이라면 우는 소리를 해도 될 거야. 하지만 지금 우리는 전장에 있어. 칼날로 된 바람이 휘몰아치는 저승사자의 사냥터에 있단 말이야. 이런 상황에서 너희가 해야 할 일은 뭐지?"

"""윽……!"""

승무원들은 코토리의 말을 듣고 숨을 삼키더니, 말 대신 경례로 답했다.

그리고 각자의 콘솔을 조작하며 작전을 속행했다.

『어머, 의외로 빨리 마음을 추슬렀군요. 함체 제어는 제가 하면 되니 좀 더 충격에 사로잡혀 있어도 되는데 말이죠.』

바로 그때, 퍼스널 모니터에 표시된 『MARIA』라는 문자가 반짝였다.

"……흥. 독려를 할 거면 좀 더 능숙하게 하란 말이야."

『실례했습니다. 사람의 마음에 대해서는 학습의 여지가 남아있는 것 같군요. 어마어마한 완성도를 자랑하면서도, 저는 지금 이 순간에도 성장을 계속하고 있는 AI랍니다.』

"사람을 짜증나게 하는 센스 하나는 인정해줄게."

코토리는 그렇게 말하면서 굳어있던 표정을 풀었다.

솔직히 말해, 코토리는 허세를 부리고 있었다. 안 그래도 전황이 좋지 않은 상황에서, 목적조차 알 수 없는 새로운 적이 나타난 것이다. 겉으로는 태연한 척 하고 있지만 머릿속은 엉망진창이며, 마음 같아서는 울음을 터뜨리고 싶었다.

분명 마리아는 그런 코토리의 마음을 눈치채고 농담을 건넨 것이다. 마리아가 사람의 마음에 대해 더욱 학습한다면 코토리를 울리는 게 가능할지도 모른다.

"······진짜 귀여운 구석이 없는 동생이라니깐."

『코토리, 방금 뭐라고 했죠?』

"입만 산 AI의 폐기처분을 확 검토해버릴까, 라고 말했어."

『아하, 그런 AI에게는 대처하는 편이 좋겠죠. 언젠가 인류를 향해 송곳니를 드러낼 테니까요. 영화에서 본 적 있습니다. 하지만 그런 수준의 AI라면 자신이 삭제되는 순간에 악의에 찬 프로그램을 네트워크에 흩뿌리고도 남으니 주의하시길. 뭐, 인류의 문명이 수십 년 정도 쇠퇴하는 것도 재미있을 것 같지만 말이죠.』

마리아는 농담을 하는 투로 그렇게 말했다. 정말 입만 산 AI다.

하지만, 덕분에 마음이 꽤 편해졌다. 코토리는 함장석에 다시 앉은 후, 승무원들에게 지령을 내렸다.

"─아무튼, 시도 앞에 나타난 레이네의 분신을 경계해. 그녀의 목적은 모르겠지만, 쿠루미를…… 살해한 것만은 틀림없어."

코토리는 희미하게 미간을 찌푸리면서 그렇게 말했다.

생명반응이 소실된 이상, 쿠루미는 명백하게 사망했다. 하지만 『살해』라는 말을 입에 담는 것에, 코토리는 약간의 거부감이 들었다.

그녀는 최악의 정령이라 불리지만 엄연히 〈라타토스크〉의 보호대상이며, 무엇보다 자신의 목숨을 깎아먹으면서까지 시도를 구해줬던 것이다. 그런 그녀가 죽었다는 사실에 마음이 아프지 않다면 거짓말이리라.

하지만 지금은 감상에 잠겨있을 때가 아니다. 코토리는 마음을 다잡으려는 듯이 고개를 내저은 후, 말을 이었다.

"전황을 유지하면서 현장으로 향하겠어. 토카, 카구야, 유즈루에게도 연락해. 언제든 시도를 회수할 수 있도록 준비를—"

바로 그때였다.

코토리의 말을 막듯, 함교 스피커에서 경보음이 터져 나왔다.

"윽…… 사령관님! 모니터를 보십시오!"

"……앗!"

코토리는 승무원의 말을 듣고 부리나케 모니터를 쳐다보았다.

쿠루미의 시신 앞에서, 시도와 알몸의 소녀가 대치하고 있었다.

그리고 방금 함교에서 모습을 감췄던 레이네가 공간에서 배어나오듯 모습을 드러냈다.

◇

"으......, 큭......"

두통이 시도를 쉴 새 없이 괴롭혔다.

의식이 혼탁해졌다. 하지만 의식과 무의식이 머릿속에서 반복되고 있는 것이 아니라, 『자신』과 『또 다른 자신』의 의식이 말 그대로 뒤섞이고 있는 듯한 느낌이었다.

『자신』이 모르는 정보에, 스멀스멀 침식되어 갔다.

『또 다른 자신』이 모르는 기억을, 스멀스멀 감염시켰다.

서로가 지닌 지식이 공유되어 가는 것과 동시에, 점점 둘의 경계가 애매모호해졌다.

"아—."

그런 몽롱한 의식 속에서, 시도는 미간을 희미하게 찌푸렸다.

눈앞에 있는 가련한 소녀의 뒤편에서 공간이 일그러지더니, 눈에 익은 여성이 모습을 드러낸 것이다.

대충 묶은 긴 머리카락. 창백한 얼굴에 존재하는 두 눈가에는 두꺼운 다크서클이 존재했다. 〈라타토스크〉 군복의 호주머니에서는 상처투성이 곰 봉제인형이 고개를 내밀고 있었다.

"레이……네, 씨……?"

그렇다. 그 사람은 바로 〈라타토스크〉의 해석관인 무라사메 레이네였다.

이미 혼란에 빠져있던 시도는 그 기묘한 광경을 보고 더욱 당혹스러워했다.

〈프락시너스〉에 있어야 할 레이네가 이 자리에 나타난 이유를 알 수 없었다. 게다가 그녀는 허공에서 느닷없이 모습을 드러냈다. 그야말로— 위저드나 정령처럼 말이다.

"……괴로워 보이네. 하지만 곧 괜찮아질 거야. 잠시만 견뎌, **신**."

시도가 혼란에 빠진 가운데, 레이네는 지극히 차분한 어조로 그렇게 말했다.

시도는 평소와 다름없는 레이네의 모습을 보고 위화감을 느끼면서도, 다른 무언가에 주목하고 있었다.

"아…… 그, 래—."

시도는 아까부터 정체불명의 소녀— 미오를 보면서 데자뷔를 느꼈다.

그 원인은 바로 그녀가 지닌 분위기가 레이네와 쏙 빼닮았기 때문인 것이다.

"……."

레이네는 시도가 무슨 생각을 하고 있는지 눈치챈 것처럼 작게 한숨을 내쉰 후, 두 손을 펼쳐 미오의 등 뒤에서 그녀를 꼭 안았다.

그러자 미오와 레이네의 몸이 옅은 빛을 뿜더니, 윤곽이 흐릿해지면서 두 실루엣이 하나로 합쳐졌다.

"아—."

시도는 흐릿한 시야로 보았다.

허공에서 생겨난 찬란하게 빛나는 옷이, 실오라기 하나 걸치지 않았던 미오의 몸을, 마치 살아있기라도 한 것처럼 감싸는 광경을…….

오로라처럼 몽환적인 색깔을 지닌 드레스를 걸친 실루엣이 나타났다. 그 실루엣의 뒤편에는 열 개의 별로 이뤄진 기묘한 고리 같은 것이 떠 있었으며, 그 별 중 하나는 칠흑색 빛을 띠고 있었다.

영장— 정령이 두르는 절대적인 갑옷이자, 성(城).

그 위용은 수많은 신화에서 일컬어지는 『신(神)』을 연상케 했다.

"……윽."

이제 의심할 여지가 없다.

지금까지 시도와 정령들의 버팀목이 되어 왔던 무라사메 레이네는 정령이자— 미오와 동일한 존재였던 것이다.

아니, 정확하게 말하자면 시도는 그 사실을 이미 **알고 있었다.**

미오와 레이네가 융합되면서 영장이 현현된 바로 그때, 시도의 머릿속에서도 두 명의 시도가 완전히 뒤섞이면서 두통이 서서히 가라앉기 시작한 것이다.

"미오……."

다시 한 번, 그녀의 이름을 불렀다.

미오. 타카미야 미오.

그렇다. 시도— 아니, 타카미야 신지가 지어준 이름이다.

시원(始原)의 정령. 원초(原初)의 영(零). 인류사에 있어 최대최악의 재앙.

그녀의 식별명은 코토리가 유라시아 대공재(大空災)에 관해 이야기해주면서 언급했었다.

—〈데우스〉. 신(神)이라는 명칭으로 불린 최강의 정령.

그리고…… 타카미야 신지가 사랑한 소녀.

30년이라는 긴 세월을 거쳐, 신지와 미오는, 겨우 재회한 것이다.

"……신."

미오는 감격한 표정으로 천천히 숨을 삼켰다.

"—쭉, 만나고 싶었어. 정말, 정말 만나고 싶었어. 네가 죽은 후로, 쭉 그것만을 바라며, 지금까지 살아왔어."

조용하면서도 열기를 띤 목소리로, 미오는 담담히 그렇게 말했다.

"……신. 신. 너에게 전하고 싶은 말이 산더미처럼 있어. 너에게 하지 못했던 말이 잔뜩 있어. 도저히 말로 다할 수 없을 만큼 많아. 아아, 그래도, 그래도 이젠 괜찮아. 우리에게는 이제 얼마든지 시간이 있어. 자, 실컷 이야기하자. 몇 날며칠이 걸려도 괜찮아. 몇 년이 걸려도 괜찮아. 자…… 이제부터야말로, 쭉 함께 하는 거야. 신."

"……, ─."

시도는 마음속에 생겨난 수많은 감정을 받아들이면서, 떨리는 숨결을 내쉬었다.

그리고, 입을 열었다.

지금 시도가, 미오에게 전해야만 하는 말을 하기 위해서…….

"나도─ 미오를 다시 만나서 정말 기뻐."

"……윽! 신……."

"쭉 혼자 있게 해서 미안해. 쓸쓸하게 만들어서 미안해. 너를 두고 죽어버려서─ 정말, 미안해."

"그건 네가 사과할 일이─."

"하지만─."

시도는 미오의 말을 끊으며, 손으로 이마를 짚었다.

그렇다. 시도의 내면에는 신의 기억만이 아니라, 미오가 체험한 기억 또한 단편적으로 뒤섞여 있었다.

"**이건**…… 대체 뭐야? 너는— 『신』을 되살리기 위해…… 대체 **무슨 짓**을 한 거야?"

그렇기에, 이것은 질문이면서도 질문이 아니었다.

시도는 자신의 머릿속에 떠오른 미오의 소행을, 그녀가 단순한 착각으로 치부해주기를 바랐다.

시도라는 존재의 발치에는 수많은 소녀의 유해가 쓰러져 있지만, 미오가 이것은 악몽이나 망상에 불과하다며 웃어주기를 바랐다.

자기가 그런 짓을 할 리가 없지 않느냐고— 미오가 말해주기를 바랐다.

하지만 미오는 얼버무릴 생각도, 말을 돌릴 생각도 없었다. 그녀는 시도의 눈을 똑바로 쳐다보면서, 그가 원치 않는 대답을 했다.

"—**뭐든지**."

"……윽."

시도는 미오의 그 올곧은 시선을 보고, 무심코 숨을 삼켰다.

"뭐든지, 다 했어. 머릿속에 떠오르는 모든 일을 다 했어. 신과 한 번 더 만나기 위해 필요한 일이라면, 뭐든지 다 했어. 그러지 않는다면, 신과 두 번 다시 만날 수 없다고 생각했어."

"아, 무리…… 그래도—"

목이, 손가락 끝이, 몸 전체가, 서서히 떨리기 시작했다.

『이츠카 시도』가 태어난 이유, 그리고 그 기원.

그 그릇을 채우기 위해 흘려야만 했던, 소녀들의 피.

자기 자신이라는 존재가 짊어진 그 방대한 죄업에, 시도는 속이 뒤집어졌다.

"……우, 읍……."

"신, 괜찮아?"

미오가 걱정스런 눈길로 시도의 얼굴을 쳐다보았다. 시도는 구역질을 억누르려는 듯이 가슴을 움켜쥐고, 미오를 막으려는 듯이 다른 한 손을 펼쳤다.

시도는 미오의 순수한 눈동자가, 사랑스러우면서도— 무시무시해 보였다.

시도는 미오에 의해 **다시 만들어지고**, 미오에 의해 기억을 되찾았다. 그래서 미오의 생각을, 마음을 어렴풋이나마 느낄 수 있었다.

아아, 그렇다. 미오는 딱히 악행을 저지르려고 한 것이 아니다. 살육을 즐긴 적 또한 단 한 번도 없었다.

그뿐만 아니라 세피라를 만들기 위해 희생된 소녀들에게 깊은 경의와 감사의 마음을 품고 있으며, 그녀들의 희생을 안타까워하고 있었다.

하지만…….

『신과 다시 한 번 만난다』— 그러기 위해서라면 죄로 점철된 길을 나아가는 것조차 주저하지 않겠다는 확고한 각오가, 지금의 미오를 만들어낸 것이다.

모든 것은, 신을 위해서……

그러기 위해서라면, **뭐든지** 했다.

미오가 입에 담은 간결한 말에는 평범한 이라면 제정신을 유지하지 못할 만큼 비통한 결의가 담겨 있었다.

"……큭, 아……"

하지만— 아니, 그렇기 때문에……

시도는, 신은, **그 말을** 해야 했다.

"미오…… 안 돼."

"뭐……?"

"그런 짓을 하면— 안 돼. 설령 그 어떤 목적을 위해서라도, 사람을 희생시켜선…… 안 된단, 말이야……!"

그것은, 너무나도 잔혹한 소행이었다.

신을 위해 모든 것을 내버리며 죄로 점철된 길을 걸어온 소녀를, 신 본인이 부정한 것이다.

사실 그 말을 입에 담은 시도조차도, 가슴이 으스러지고, 몸이 잘려나가는 듯한 착각을 느꼈다. 이 말을 들은 미오의 마음이 얼마나 아플지, 충분히 상상이 되었다.

하지만—

"—응. 맞아."

미오는 난처한 표정을 지으면서, 슬픔이 어린 어조로 그렇게 말했다.

이런 번민을, 이미 몇 번이나 느꼈다는 듯이 말이다.

"하지만…… 그럼 내가 어떻게 했어야 하는데?

나한테는 신뿐이었어. 신을 잃는 건, 살 이유를 잃는 거나 마찬가지야.

나는 인간처럼 약하지 않아. 죽음을 바라더라도, 죽을 수가 없어.

나는 인간처럼 강하지 않아. 신을 잊는 것조차도 불가능해.

나는 대체, 어떻게 했어야 하는데?"

"그, 건……."

미오가 담담하면서도 비통하기 그지없는 말을 입에 담자, 시도는 말문이 막혔다.

대꾸를— 할 수가 없었다.

분명 시도의 머릿속에 떠오른 온갖 생각을, 미오 또한 떠올렸을 것이다.

하지만 그런데도 불구하고 미오는 이 지옥 같은 길을 선택했다.

그런 그녀에게 대체 무슨 말을 해야 할까. 시도는 알 수 없었다.

"……후후."

바로 그때, 미오는 시도가 느끼고 있는 당혹감을 꿰뚫어 본 것처럼 한숨 섞인 웃음을 흘렸다.

"미안해. 심술궂은 소리를 했네. 이런 질문에 대답할 수 있을 리가 없잖아."

"아니…… 나, 는―."

시도는 고개를 들면서 말을 이으려 했다. 하지만 무슨 말을 하면 좋을지 알 수 없었다. 그렇지만 입을 다물고 있을 수는 없었던 것이다.

하지만 그 말은 미오의 한숨에 의해 막히고 말았다.

"―괜찮아. 걱정하지 마, 신. 전부, 나한테 맡겨."

"미오……?"

시도가 의아해하며 되묻자, 미오는 담담한 어조로 말을 이었다.

"신이 괴로워할 필요 없어. 신이 슬퍼할 필요 없어. 이 모든 죄는 전부 내가 짊어져야 해. 그 벌 또한 전부 내가 받아야 해. 그러니 신이 고민할 필요는, 없는 거야."

미오는 그렇게 말하면서 시도를 향해 천천히 손을 내밀었다.

"그게, 무슨……."

"그럼 마무리를 짓겠어. ―내가 『미오』로 돌아간 것처럼, 너도, 『신』으로 돌아가는 거야."

"―윽."

시도는 숨을 삼켰다. 미오가 한 말의 의미를, 본능적인 공포를 느끼며 이해하고 만 것이다.

현재 시도는, 이츠카 시도라는 인간 안에 타카미야 신지의 기억이 뒤섞여 있는 상태다.

그러니 그 안에서 시도의 기억을 지운다면, 정령의 힘과 타카미야 신지의 기억만을 지닌 인간만이 남게 되지 않을까.

미오는 상냥한 미소를 지으며 입을 열었다.

"—지금까지 고마웠어, 『시도』. 그리고…… 잘 가."

시도.

약 17년 동안 계속 불려왔던 그 이름.

하지만 미오— 레이네에게 그 이름으로 불린 것은 이번이 처음일지도 모른다.

그녀는 『시도』를 만난 그 날부터, 그에게 존재하는 『신』만을 지켜봐 왔을 게 틀림없다.

당연했다. 그녀는 그러기 위해서 『시도』를 『만든 것』이다.

하지만, 어째서일까—.

이렇게 잔혹하기 그지없는 일을 당하면서도, 그것이 그저 씁쓸하게만 느껴졌다.

"아……."

시도는 자신을 향해 뻗어오는 미오의 손가락에서 벗어나려 했다. 하지만 그녀의 시선에 꿰뚫리기라도 한 것처럼, 몸이 움직이지 않았다.

이윽고 미오의 손가락이, 시도의 관자놀이에 닿았다.

하지만 바로 그 순간—.

"—시도오오오오오오오오오오오오오!"

상공에서 그런 절규가 들려오더니, 누군가가 시도의 눈앞에 춤추듯 착지했다.

밤을 연상케 하는 칠흑빛 머리카락, 몸에 걸친 몽환적인 한정 영장, 그리고 지면을 가른 대검 〈오살공(鏖殺公)〉.

"······아! 토카······?!"

그 모습을 본 시도는 눈을 크게 떴다.

그렇다. 그녀는 바로 주위에서 〈니벨코르〉와 〈밴더스내치〉를 소탕하고 있던 토카였다. 그녀는 시도가 위기에 처했다는 사실을 알고 미오를 공격한 것이다.

"시도, 괜찮으냐?! 늦어서 미안하다······!"

"아, 아냐······. 덕분에 살았어, 토카."

시도가 그렇게 대답한 순간, 주위에 바람이 불더니 판박이처럼 똑같이 생긴 쌍둥이가 그의 뒤편에 착지했다.

한 사람은 오른쪽 어깨에 날개 형태의 영장을 두르고 거대한 돌격창을 쥐었고, 다른 한 사람은 왼쪽 어깨에 날개 형태의 영장을 두르고 펜듈럼을 쥐고 있었다.

토카와 마찬가지로 주위에서 싸우고 있던 야마이 카구야, 유즈루 자매였다.

"하아······ 큰일 날 뻔 했네. 그래도 어찌어찌 늦지는 않은 것 같아."

"동의. 적이 많아서 조바심이 났지만, 토카 미사일 발사 작전이 성공했군요."

두 사람은 그렇게 말하면서 안도의 한숨을 내쉬었다. 아무래도 이 두 사람이 바람의 천사 〈구풍기사(颶風騎士)〉로 토카를 시도 곁으로 날린 것 같았다.

"……인터컴으로 코토리에게 들은 통신과, 아까 시도가 저 애와 나눈 대화를 듣긴 했는데…… 쟤, 진짜로 레이네…… 인 거야?"

"경계. 그리고 시원의 정령이자 〈팬텀〉이기도 하다니, 정말 배역 욕심이 많군요. ……쿠루미는 진짜로 당하고 만 건가요?"

"……그래."

시도는 굳은 목소리로 야마이 자매의 질문에 답했다.

바로 그때, 방금 토카가 날린 일격에 의해 생겨난 흙먼지가 가라앉으면서 미오가 모습을 드러냈다.

토카의 공격을 정통으로 맞았는데도, 그녀의 몸에는 생채기 하나 없었다. 그 사실을 안 토카와 야마이 자매는 상대를 더욱 경계했다.

하지만 미오는 딱히 부담을 느끼거나 긴장하지도 않으며, 차분한 분위기 속에서 입을 열었다.

"……토카. 그리고 카구야와 유즈루구나."

세 사람의 얼굴을 차례대로 쳐다본 미오는 입가에 손을 댔다.

"오랜만에 신을 만난 바람에 깜빡했어. 그래. 너희가 아직 남아 있었지. ─『신』의 부분만 남기면서 『시도』의 기억을 깨

끗하게 지우는 데는 상당한 시간과 수고가 들어. 그러니 너희를 먼저 처리하는 편이 좋을지도 모르겠는걸."

"……뭐?"

토카는 미오의 말을 듣고 눈썹을 찌푸렸다. 그러자 미오는 천천히 손을 앞으로 내밀면서 말을 이었다.

"너희의 힘은 무사히 신의 몸에 들어갔어. 하지만 그것만으로는 충분하지 않아. 너희와 신 사이에는 아직 영력의 파이프가 존재해. 너희 안에 남아 있는 세피라의 잔재를 회수하지 않는 한, 신은 완전한 힘을 얻을 수 없어."

미오는 검지를 세워서 정령들을 가리켰다.

"미안하지만, **돌려줘야**겠어. —나의, 신을 위해서 말이야."

그리고 차분하면서도 단호한 어조로 그렇게 말했다.

토카는 그 선언을 듣고 발끈했다.

"……윽! 헛소리 하지 마라! 시도의 기억을 지우겠다고……? 그딴 짓을— 하게 둘까 보냐!"

토카는 그렇게 외치자마자 〈산달폰〉을 치켜들고 지면을 박찼다.

"토카!"

"반응. 엄호하겠어요."

토카가 혼자서 미오에게 덤비는 것은 위험하다고 판단한 야마이 자매는 토카의 움직임을 보자마자 그녀의 뒤를 쫓듯 허공을 가르며 날았다.

야마이 자매는 정령 중에서도 최고 수준의 속도를 자랑한다. 그런 그녀들은 먼저 몸을 날린 토카를 순식간에 따라잡더니, 〈산달폰〉의 공격에 맞춰 〈라파엘〉로 바람을 날려서 미오를 협공했다.

하지만―.

"……하긴, 이런 상황에서 얌전히 있는 건 무리겠지."

"―읔?!"

다음 순간, 귓가에서 들려오는 목소리에 시도는 어깨를 부르르 떨었다.

느닷없이 자신의 등 뒤에서 타인의 기척이 느껴졌다. 돌아보지 않아도 알 수 있었다. ―방금까지 시도의 앞쪽에 있었던 미오가, 어느새 그의 뒤편으로 이동한 것이다.

"……읔! 시도!"

그 사실을 눈치챈 토카가 눈을 치켜뜨며 경악하더니, 다시 지면을 박차려 했다.

하지만 그보다 먼저 미오가 두 손을 펼쳐 시도의 몸을 상냥히 감싸 안았다.

"……신, 잠시만 기다려줘."

그리고 미오가 속삭이듯 그렇게 말한 순간―.

"―어?"

시도는 기묘한 감각을 느꼈다.

시야가 어두워졌다. 그리고 몸이 붕 뜨는 느낌이 들었다. 주위가 애매모호해지더니, 자신이 서 있는지 앉아 있는지도 알 수 없었다. 시도가 알고 있는 감각을 예로 든다면, 〈프락시너스〉의 전송장치로 지상에서 회수될 때의 느낌에 가까웠다.

그리고—.

"—꺄앗?!"

"……어?"

갑자기 가까이서 울리는 소녀의 비명소리에 시도는 미간을 찌푸렸다.

어질어질한 머리를 손으로 짚으면서 눈을 몇 번 깜빡이자, 흐릿했던 시야가 맑아졌다.

시도는 그제야 자신이 같은 또래 소녀를 덮치려는 듯이 상대방의 몸 위에 올라타고 있다는 사실을 깨달았다.

……그리고 유심히 보니, 그 소녀는 바로 클래스메이트인 야마부키 아이였다.

"어, 야마부키?! 네가 왜 이런 곳에 있는 거야?!"

"그건 내가 할 말이거든?!"

시도가 외치자, 아이는 더 큰 목소리로 고함을 질렀다.

바로 그때, 시도의 뒤편에서 다른 이의 목소리가 들려왔다.

"앗……! 이츠카 군이 아이를 덮치고 있잖아?!"

"그것보다 대체 어디서 튀어나온 거지?! 천장에 들러붙어서 기회를 노리고 있었던 거야?!"

"그러고 보니 전에도 이런 일이 있었어! 이 자식, 토카와 딴 애들만으로는 만족하지 못하는 거냐?!"

고개를 돌려보니, 아이의 친구인 마이와 미이, 그리고 클래스메이트인 토노마치 히로토가 경악에 찬 표정과 포즈를 취하고 있었다.

"어…… 여, 여기는……."

시도는 그제야 자신이 아까 전과 다른 장소에 있다는 사실을 눈치챘다.

눈에 익은 공간이었다. 이곳은 바로 텐구시의 지하에 존재하는 여러 셸터 중 하나였다. 토노마치와 아이, 마이, 미이 외에도 눈에 익은 이들이 있었다.

"어…… 이게…… 대체―."

시도는 갑작스러운 사태에 당황했지만, 지금 일어난 일을 파악하기 위해 생각에 잠겼다.

순간이동? 전송……? 시도가 환각을 보고 있을 뿐일 가능성도 있지만, 미오가 아까 한 말로 볼 때, 전자일 가능성이 컸다.

미오는 말했다. 시도의 기억을 지우기 전에 정령들을 『처리』하겠다고 말이다.

그리고 그것을 방해할 시도를 일단 다른 장소로 이동시킨 것이다. 미오는 모든 정령의 원천인 시원의 정령, 〈데우스〉

다. 그런 그녀라면 이 정도는 충분히 가능할 것이다.

"……심각한 표정으로 뭘 그렇게 고민하는 건지 모르겠지만, 이제 그만 비켜줄래? 좀 무섭거든?"

바로 그때, 시도의 밑에 깔려 있던 아이가 불만에 찬 목소리로 그렇게 말했다. 어쩐지 볼이 붉어진 것 같았다.

하지만 시도는 그 말에 답할 여유가 없었다. 그는 눈을 치켜뜨고 아이를 향해 얼굴을 쑥 내밀었다.

"야마부키!"

"히익……! 왜, 왜…… 그러세요?"

아이는 어찌된 영문인지 존댓말을 쓰면서 기어들어가는 목소리로 대답했고, 등 뒤에서는 스마트폰의 셔터 소리가 연이어 들려왔지만, 시도는 개의치 않았다.

"여기는 어디에 있는 셸터야?!"

"그야…… 학교 지하에 있는 셸터지."

"학교…… 큭―."

시도는 마을 지도를 머릿속에 떠올리면서 인상을 찡그렸다.

그가 방금까지 있었던 곳은 〈라타토스크〉의 지상포대 인근으로 여기서 꽤 떨어진 곳이다.

하지만 지구 반대편으로 보내지지 않은 것만 해도 그나마 다행이었다. 미오가 온정을 베푼 것인지, 아니면 이 정도 거리로 이동시키는 게 한계인 것인지는 모르겠지만 말이다.

바로 그때, 불길한 상상이 시도의 뇌리를 스쳤다. ―어쩌면 미오는 시도가 여기서 원래 있던 장소로 돌아갈 때까지, 정령들을 전부 처리할 자신이 있는 걸지도 모른다.

"······큭!"

시도는 팔굽혀펴기를 하듯 팔에 힘을 주더니(그러자 아이가 또 「히익!」 하고 겁먹은 듯한 목소리를 냈다), 반동을 주며 몸을 일으켜 그대로 셸터 출입구를 향해 뛰어갔다.

하지만 당연히 출입구에 설치된 두꺼운 문은 굳게 닫혀 있었으며, 그 앞에는 보초처럼 교사 한 명이 서 있었다. 시도의 담임인 타마 선생님이었다.

"으음······. 이츠카 군, 무슨 일이죠? 아직 경보는 해제되지 않았거든요?"

"죄송하지만, 밖으로 나가야겠어요. 저는— 가야만 해요."

시도가 그렇게 말하자, 타마 선생님은 깜짝 놀란 것처럼 눈을 크게 떴다.

"무, 무슨 소리를 하는 거예요! 밖에서는 현재 공간진이 벌어지고 있어요! 위험해요!"

타마 선생님은 큰 목소리로 그렇게 외치더니, 시도를 막아서며 양팔을 펼쳤다.

사실 이런 반응을 보이는 게 당연했다. 자신의 제자가 경보가 발령중인데도 불구하고 셸터 밖으로 나가려 하니 말이다.

하지만 시도는 그런 타마 선생님의 반응을 보면서 불가사의한 느낌을 받았다.

아아, 그렇다. 약 열 달 전까지만 해도 시도는 평범한 고등학생이었다. ―적어도, 시도는 그렇게 생각했다. 공간진이라는 기묘한 재해 앞에서 아무것도 하지 못하며, 그저 어른들에게 보호받는 존재였다.

아니, 타마 선생님에게 있어서는 지금도 마찬가지다. 그래서 안전한 공간 밖으로 나가려는 제자를 막아선 것이다.

그것은 달콤한 유혹이기도 했다. 육체와 정신이 지칠 대로 지친 시도의 뇌에 서서히 스며들어오는 마성의 말이었다. 시도는 이미 충분히 노력했다. 그러니 이제 그만해도 되지 않을까―.

하지만 바로 그때, 시도와 타마 선생님을 지켜보고 있던 토노마치와 아이, 마이, 미이가 그의 뒤를 쫓듯 출입구 쪽으로 다가왔다.

"어이, 이츠카. 왜 그러는 거야?"

"뭐, 이츠카 군이 이상한 건 하루 이틀 일이 아니잖아. ……방금도 그랬고 말이야."

"무슨 일 있는 거야? 혹시 두고 온 거라도 있어?"

"대체 얼마나 소중한 물건이기에, 공간진이 일어나고 있는 지금 가지러 가려는 건데?"

다들 의아한 표정을 지으며 시도에게 물었다. 시도는 그 질문에 작게 어깨를 움찔댔다.

그리고 자신의 뇌리를 스친 유혹을 떨쳐냈다.

그렇다. 시간으로 치면 겨우 열 달. 1년도 채 되지 않는 짧은 기간이다.

하지만 그 열 달은 시도가 지금까지 살아온 인생 속에서 가장 농밀했고, 가장 소중한 시간이었던 것이다……!

"……나는, 가야만 해! 토카, 오리가미, 그리고 다른 애들의 곁으로 가야만 한단 말이야……!"

"""뭐……?"""

시도의 외침에 토노마치와 아이, 마이, 미이는 어리둥절하며 주위를 둘러보았다.

그리고, 토카와 오리가미가 이곳에 없다는 사실을 눈치챈 그들은 「앗」 하고 신음을 흘리며 서로를 쳐다보았다.

"""……."""

그 후, 클래스메이트들은 시도에게 과장스럽게 눈짓을 보내더니, 타마 선생님을 향해 걸어갔다.

"이야~, 이츠카는 진짜 못 말리겠다니까요."

"맞아~. 말도 안 되는 소리만 하잖아. 타마 선생님의 입장도 생각해줬으면 좋겠다니깐~."

"마, 맞아요……."

타마 선생님은 갑자기 간드러진 목소리를 내는 학생들을 쳐다보며 당혹스러운 표정을 지었다.

그리고 다음 순간, 아이, 마이, 미이가 타마 선생님에게 달려들었다.

"제압해~!"

"꺄앗?! 여, 여러분, 이게 무슨 짓이죠⋯⋯?!"

타마 선생님이 비명을 지르면서 손발을 버둥거렸다. 그러자 근처에 있던 체격이 좋은 체육 교사가 출입구 쪽으로 뛰어왔다.

"어이, 너희들! 뭐하는 거냐?!"

"⋯⋯윽! 에잇, 선생님! 장난을 치고 있는 것 뿐이라고요 우엑!"

그 모습을 본 토노마치가 다가오는 체육교사를 향해 태클을 감행했다. ⋯⋯뭐, 대미지를 입은 것 같지만, 어찌어찌 그 체육교사를 막는 데 성공한 것 같았다.

"토, 토노마치⋯⋯ 그리고 야마부키, 하자쿠라, 후지바카마⋯⋯."

시도가 깜짝 놀란 듯한 목소리로 그들의 이름을 부르자, 다들 씨익 웃으면서 그를 쳐다보았다.

"빨리 가! 토카와 딴 애들이 미처 피난하지 못한 거지?!"

"바람둥이면 바람둥이답게, 여자애를 소중히 여기란 말이야!"

"답례는 내일 점심이면 돼!"

"때로는 우리도 폼 좀 잡게 해달라꼬우엑! 잠깐⋯⋯ 선생님, 너무 용쓰지 말라고요. 폼 잡는 장면이니까 좀 봐줘도 되잖아요⋯⋯."

"너희들……!"

시도는 주먹을 말아 쥔 후, 고개를 끄덕이며 걸음을 내디뎠다.

"잠깐…… 안 돼요, 이츠카 군!"

"나가는 건 무리다! 경계경보가 풀릴 때까지 문은 열리지 않아!"

클래스메이트들이 막고 있는 선생님들이 고함을 질렀다.

확실히 그들의 말이 옳으며, 철로 된 튼튼한 문은 굳게 닫혀 있었다. 시도의 힘으로는 꼼짝도 하지 않을 것이다.

그렇다면— 방법은 하나뿐이다.

"……"

시도는 클래스메이트들을 쳐다보며 옅은 미소를 지었다. 토노마치와 아이, 마이, 미이는 그런 시도의 표정을 보고 영문을 모르겠다는 표정을 지었다.

시도는 의식을 집중하면서 외쳤다.

—그, 천사의 이름을…….

"—〈봉해주(封解主)〉!"

그 순간, 시도의 손에 옅은 빛이 모여들더니 거대한 석장의 형태로 변했다.

천사 〈미카엘〉. 삼라만상을 『잠그고』 또한 『열 수 있는』 열쇠의 천사였다.

"어……?!"

"저!"

"게!"

"뭐야아아아앗?!"

눈앞에서 비현실적인 현상이 벌어지자, 클래스메이트들은 경악에 찬 목소리로 그렇게 외쳤다.

정령에 관한 것들은 전부 극비사항이다. 일반인에게 보여 줘도 안 되고, 들려줘도 안 된다. 코토리는 시도에게 그런 엄명을 내렸다.

하지만 지금은 1분 1초가 아까운 상황이었다. 주위에 있는 이들을 신경 쓰며 우물쭈물하는 사이, 밖에서 벌어지고 있는 사태에 마침표가 찍힐 가능성도 있는 것이다.

"아아…… 사고 쳤네. 그래도, 이미 저질렀으니까 어쩔 수 없지."

시도는 자조 섞인 미소를 짓더니, 양손으로 석장을 쥐고 그 끝 부분을 셸터의 문에 찔러 넣었다.

"〈미카엘〉― 【개(開)】!"

그리고 그렇게 외치면서 거대한 열쇠를 돌렸다. 그러자 두 꺼운 셸터의 문이 한순간 빛나더니, 끼익 하는 소리를 내면 서 열렸다.

"……아닛?!"

뒤편에서 교사의 목소리가 들렸다. 시도는 소동이 더 커지 기 전에 셸터 밖으로 나간 후, 다시 문에 〈미카엘〉을 찔러 넣었다.

"〈미카엘〉―【폐(閉)】."

또 다시 문이 옅은 빛을 내며 잠겼다.

시도는 문이 잠긴 것을 확인한 후, 고개를 들었다.

자신이 돌아간다고 해서 할 수 있는 일이 있을지는 알 수 없다. 하지만 가만히 앉아서 기다리고 있을 수는 없었다.

시도는 다리에 힘을 주고 지상으로 이어지는 계단을 뛰어 올라가기 시작했다.

◇

"아니……! 시도를 어디로 보낸 거냐?!"

토카는 〈산달폰〉을 치켜들면서, 날카로운 시선으로 정령― 미오를 노려보았다. 토카의 양옆에 있던 야마이 자매 또한 비슷한 눈길로 미오를 응시했다.

하지만 그녀들이 그런 반응을 보이는 것도 당연했다. 미오가 시도를 등 뒤에서 끌어안은 순간, 그의 몸이 느닷없이 사라진 것이다.

미오는 정령들의 날카로운 시선을 받으면서도 태연히 고개를 끄덕이며 입을 열었다.

"……걱정할 필요 없어. 여기는 위험하잖아. 그래서 잠시 안전한 곳으로 피난시킨 기야."

"뭐……?"

토카는 미오의 말을 듣고 미간을 찌푸렸다.

미오의 말을 순순히 믿는 것은 위험하다. 하지만 그녀의 표적은 시도— 정확하게 말하자면 시도가 지닌 신의 기억이다. 그러니 시도에게 해를 입히지는 않을 것이다.

그렇다. 토카는, 그리고 야마이 자매는, 전부 다는 아니지만 그녀와 시도의 대화를 인터컴을 통해 듣고 있었다.

미오의 목적을, 비통한 결의를, 그리고— 정령들의 보호자격인 존재였던 레이네의 정체가 바로 미오였다는 사실도 말이다.

"미오. 너는 레이네……인 것이냐?"

"……응. 맞아."

토카가 질문을 던지자, 미오는 고개를 끄덕이며 순순히 인정했다.

외모와 목소리가 젊어지기는 했지만, 미오의 분위기는 분명 정령들과 가깝게 지낸 해석관과 동일했다. 토카는 인상을 찡그리며 이를 악물었다.

"……레이네. 생각을 바꿀 생각은 없느냐? 너에게는 신세를 많이 졌다. 가능하다면, 싸우고 싶지 않아."

토카는 호소하는 듯한 어조로 말했다.

하지만 미오는 천천히 고개를 저었다.

"……미안해."

"……그러냐. 유감이구나."

토카는 가늘게 숨을 내쉰 후, 자세를 낮추면서 〈산달폰〉을 치켜들었다.

생각해보면, 이것은 당연한 결과였다. 30년에 걸친 갈망과 망집을, 그렇게 간단히 버릴 수 있을 리가 없다. 그것은 토카 또한 충분히 이해가 됐다.

그래도, 그 말을 할 수밖에 없었다. 물어볼 수밖에 없었던 것이다.

그 정도로— 그야말로 시도와 코토리 못지않게, 레이네는 정령들에게 잘 대해 줬다.

정령들의 고민을 들어주고, 상담 상대가 되어 줬다.

제아무리 사소한 일에도, 진지하게 관심을 가져 줬다.

그 이면에 어떤 음모가 도사리고 있었다 할지라도, 그때 토카는 진심으로 레이네에게 감사했던 것이다.

"……."

하지만— 토카는 생각을 바꾸려는 듯이, 뇌리에 남아있는 미련과 정을 떨쳐내려는 듯이 고개를 저었다.

교섭이 결렬된 이상, 지금 눈앞에 있는 소녀는 시도를 자기 입맛대로 뜯어고치려 하는 『적』이다.

만약 토카 일행이 진다면, 시도라는 존재는 이 세상에서 사라지고 말 것이다. 그것만은 절대 용납할 수 없다.

그렇기에— 버리는 것이다.

레이네를 향한 감사의 마음, 레이네와의 추억, 레이네와의 기억을…….

만에 하나라도, 〈산달폰〉의 칼끝이 무뎌지지 않도록 말이다.

그러지 않는다면, 토카의 검은 미오의 피부에 닿지도 않을 것이다.

이렇게 마주 서 있는 것만으로도, 상대가 얼마나 무시무시한 존재인지 느껴졌다.

피부가 화상을 입은 것처럼 따가웠다. 시선을 받고 있을 뿐인데도 심장이 격렬하게 뛰었다. 압도적일 정도로 힘에서 차이가 나기 때문일까, 생물로서의 본능마저 반응을 보이고 있었다.

"……혼자서는 제아무리 발버둥을 쳐봤자 절대 이길 수 없어. 동시에 공격하자."

"임전(臨戰). 타이밍은 맞추겠어요."

카구야와 유즈루도 토카와 같은 느낌을 받은 것 같았다. 둘은 결의와 경계심으로 가득 찬 목소리로 그렇게 말하면서 천사를 거머쥐었다.

토카는 고개를 작게 끄덕인 후, 미오의 일거수일투족을 놓치지 않으려는 듯이 그녀를 주시했다.

하지만— 바로 그때였다.

하늘 쪽에서 엄청난 소리가 들리는가 싶더니, 이 일대에 광선과 총탄이 쏟아졌다.

"앗……?!"

"잠깐─."

"대피. 피하죠."

느닷없는 사태에 토카 일행은 지면을 박차고 뒤편으로 몸을 날렸다. 다음 순간, 토카 일행이 있던 자리에 공격이 퍼부어지더니 지면에 수많은 구멍이 뚫렸다.

"이건……."

토카는 미오의 공격이라고 생각했지만─ 그렇지 않았다.

하늘을 쳐다보니, 그곳에는 어느새 똑같은 얼굴을 지닌 수많은 소녀들, 그리고 투박한 기계인형들이 떠 있었다.

마왕 〈신식편질(神蝕篇帙)〉에 의해 만들어진 유사정령 〈니벨코르〉, 그리고 DEM의 무인병기 〈밴더스내치〉였다.

"저기, 우릴 제쳐놓고 최종결전 분위기 좀 내지 말아줄래?"

"진짜, 어이가 없네."

"꺄하하, 뭐가 어떻게 된 건지는 모르겠지만 이츠카 시도가 사라졌어."

"그렇다면─."

"이제 우릴 막을 녀석이 없는 거네에에에?"

하늘을 날고 있는 수많은 〈니벨코르〉가 꺄하하, 꺄하하하고 한 목소리로 웃었다.

"큭……!"

토카는 표정을 굳히고 〈니벨코르〉를 노려보았다.

미오의 압도적인 위압감 때문에 잠시 잊고 있었지만, 이 전장에는 그녀 외에도 성가신 자들이 있었다.

〈니벨코르〉. 하나이자 전부, 전부이자 하나인, 죽음 자체가 존재하지 않는 소녀.

군체(群體)인 그녀들은 제아무리 공격당하더라도 순식간에 부활하고 만다. 유일한 대항책은 시도의 힘으로 봉인하는 것이지만, 미오가 그를 어딘가로 보내버린 탓에 그것도 불가능해졌다. 결국 궁지에 처한 토카와 야마이 자매는 전율할 수밖에 없었다.

"……흐음."

하지만 바로 그때, 작은 한숨소리가 들렸다. —미오였다.

"……〈니벨코르〉. 너희가 지닌 힘의 원천도 곧 회수할 거야. 그때까지 좀 얌전히 있어 주지 않겠어?"

미오는 상황에 걸맞지 않은 차분한 어조로 그렇게 말했다.

그러자 〈니벨코르〉는 그 말을 듣고 눈을 동그랗게 뜨더니, 배를 감싸 쥐며 웃기 시작했다.

"꺄하하, 꺄하하하하하!"

"너, 느닷없이 튀어나와서 무슨 소리를 늘어놓는 거야?"

"저기 말이지? 교섭이라는 건 자기보다 못한 상대에게만 효과가 있거든?"

그리고 눈을 치켜뜬 〈니벨코르〉 몇몇이 손에 쥔 종잇조각 형태의 천사로 미오를 공격하려 했다.

하지만, 다음 순간—.

"……이리 오렴."

미오가 왼손을 높이 치켜들면서 그렇게 말하자, 머나먼 하늘의 공간이 일그러지기 시작했다.

그리고 그곳에서 거대한 구체가 모습을 드러냈다.

"어……?"

"저게, 뭐지—."

공격을 하려던 〈니벨코르〉가 어안이 벙벙한 표정으로 그 구체를 응시했다.

하지만, 그녀들의 얼굴은 이내 경악으로 물들었다.

미오가, 그 이름을 입에 담은 순간에 말이다.

"—〈만상성당(万象聖堂)〉."

아인 소프 오르

오싹—.

피부에 소름이 돋는 듯한 느낌이 토카 일행을 덮쳤다.

"아니……."

허공에 떠 있던 구체의 매끈한 표면에 파문이 일어나더니, 그 형태가 서서히 변모하기 시작했다.

그 광경은— 마치 꽃봉오리가 피어나려 하는 모습을 연상 케 했다.

몇 겹으로 포개진 꽃잎을 지닌 거대한 꽃이었다. 그 중심

에는 소녀 같은 형태를 지닌 암술이 기도를 드리는 듯한 형태로 존재하고 있었다.

너무나도 장엄하고, 또한 너무나도 아름다운 광경이었다.

하지만 토카는 그것을 본 순간, 온몸이 주체 못할 정도로 떨리기 시작했다.

본능적인 공포. 절망적인 직감.

저것은, 형태를 지닌 『죽음』 그 자체다―!

"활짝 피어라."

미오가 그렇게 말한 순간―.

주위에, 『죽음』이 흩뿌려졌다.

"―〈아르만달〉, 우현 피탄. 하지만 손상은 경미!"

"〈호노리우스〉, 〈라타토스크〉 함과 교전 중!"

"〈밴더스내치〉 제13부대, 거의 괴멸 상태! 제15부대를 투입합니다!"

텐구시 상공에 떠 있는 공중함 중 한 척이자 DEM인더스트리의 기함인 〈레메게톤〉의 함교는 각종 보고와 지시로 시끌벅적했다.

"흠……"

그런 수많은 목소리와 통신을 듣고 있던 DEM인더스트리 상무이사, 아이작 웨스트코트는 녹이 슨 것처럼 탁한 빛깔

매니징 디렉터

을 띤 두 눈을 가늘게 떴다.

"함장, 전황은 어떻지?"

그리고 함장석에 앉아 있는 어니스트 브레넌 대장 상당관에게 말을 걸었다. 그러자 브레넌은 작게 한숨을 내쉬면서 대답했다.

"솔직히 말해, 이렇게 끈질기게 버틸 줄은 몰랐습니다. 상대를 얕보지는 않았습니다만, 이 정도로 저희 병력이 소모될 거라고는 생각도 못했죠. 찬사라도 보내고 싶을 정도의 분전입니다."

브레넌은 그렇게 말하면서 어깨를 으쓱했다. 자존심이 강하고 열세를 인정하려 하지 않는 자가 많은 군인 출신답지 않은 반응이었다.

하지만 웨스트코트는 이 남자의 이런 성격을 싫어하지 않았다. 사실 그 점이 웨스트코트가 이 남자를 함대 사령관 자리에 앉힌 이유 중 하나이기도 했다.

허세를 부린다고 해서 전황이 호전되지는 않는다. 그리고 정보를 정확하게 남에게 전달한다는 것은 흔치 않은 능력인 것이다.

"하지만 뭐, 안심하십시오. 아직 쌍방의 전력차는 뒤집히지 않았습니다. 차근차근 시간을 들이며, 상대를 궁지에 몰아넣겠습니다."

"음. 기대—"

바로 그때였다.

웨스트코트의 눈썹이 희미하게 떨리더니, 하던 말을 멈췄다.

막연하면서도, 명확한 데자뷔가 느껴졌다.

순정(純正) 마술사의 피가 극도로 농밀한 마나의 떨림을 감지했다.

그렇다. 이것은, 이 세계에 『정령』을 탄생시켰을 때에 느낀 감각과 동일했다.

"음? 왜 그러시죠? 웨스트코트 님—."

브레넌이 의아해하면서 말을 이으려던 바로 그때였다.

함교 내부에 격렬한 경보음이 울려 퍼졌다.

"……음?! 무슨 일이지?!"

"여, 영파 반응이 감지됐습니다! 그것도…… 압도적일 만큼 거대한 반응입니다!"

"이런 반응은— 처음 봅니다!"

"뭐……?!"

함교 메인 모니터에 영장을 두른 소녀, 그리고 그 소녀의 머리 위에 떠 있는 거대한 꽃 같은 물체가 비쳤다.

그 위용, 그리고 비정상적일 정도로 어마어마한 영력치를 본 자들이 술렁거리기 시작했다.

"—."

단 한 사람— 아이작 웨스트코트를 제외하고 말이다.

"후…… 하하."

웨스트코트는 참을 수 없다는 듯이 얼굴을 미소의 형태로 일그러뜨렸다.

"하하하, 하하하하하하하하, 하하하하하하하하하하하!"

"웨, 웨스트코트 님……?"

브레넌은 식은땀을 흘리면서 미간을 찌푸렸다.

바로 그때, 거대한 꽃에서 꽃가루가 흩날리듯, 빛으로 된 무수한 입자가 사방으로 퍼져나갔다.

다음 순간—.

그 입자에 닿은 〈밴더스내치〉와 〈니벨코르〉, 그리고 공중함의 함체마저 목숨을 잃은 것처럼 기능이 정지되거나, 혹은 설탕과자처럼 박살이 나고 말았다.

"아니……?!"

그러자 아까보다 더 극심한 경보음과 고함소리 같은 통신이 함교를 가득 채웠다.

『……윽! 정체불명의 정령의 공격에 의해, 〈밴더스내치〉 부대 괴멸!』

『〈니벨코르〉 소실! 재생되지 않습니다!』

『〈갈드라보크〉! 함체를 유지할 수 없습니다!』

단 한 명의 정령.

단 하나의 천사.

그 출현에 의해, DEM인더스트리가 만든 철벽의 포진이 너무나도 간단히 무너졌다.

아니, 그것만이 아니다. 그 빛의 입자가 더욱 먼 곳까지 퍼져나가더니, 웨스트코트가 탄 기함 〈레메게톤〉마저도 집 어삼키려 했다.

그 순간, 낮은 구동음이 잦아들더니 함체 곳곳이 자체 하중을 견뎌내지 못한 것처럼 뭉개지기 시작했다.

"크악⋯⋯?!"

"피, 피해 상황을 확인해라!"

"⋯⋯윽! 무리입니다! 고도를 유지할 수 없습니다!"

절망에 찬 목소리가 함교 곳곳에서 들려왔다.

하지만 웨스트코트는 여전히 웃음을 터뜨리고 있었다.

그럴 만도 했다.

이 비정상적인 영파 반응.

그리고 저 가련한 소녀의 정체를, 웨스트코트는 알고 있는 것이다.

"드디어 나타난 건가— 〈데우스〉. 사랑스러운, 나의 정령이여."

추락하고 있는 공중함 안에서, 웨스트코트는 계속 웃음을 흘렸다.

그것은, 꿈만 같아 보일 정도로 환상적이고, 지옥처럼 처참한 광경이었다.

주위에 떠 있던 〈니벨코르〉가, 〈밴더스내치〉가, 위저드가, 그리고 거대한 공중함이⋯⋯.

〈아인 소프 오르〉에서 뿜어져 나온 빛의 입자에 닿았을 뿐인데, 거짓말처럼 간단히 붕괴되고 만 것이다.

"⋯⋯윽."

토카는 그 광경을 보고 마른 침을 삼켰다.

압도적일 정도로 힘에서 차이가 난다는 것은 알고 있었다. 쉽게 이길 수 있을 리 없다는 것도 알고 있었다.

하지만, 이 정도로—.

"⋯⋯자."

상공을 둘러본 미오는 천천히 토카 일행을 향해 고개를 돌렸다. 그 시선을 받은 순간, 토카와 카구야, 유즈루는 심장이 옥죄어드는 듯한 착각을 느꼈다.

"⋯⋯너희에게는 정말 미안한 짓을 했다고 생각해. 느닷없이 힘을 내놓으라는 말을 듣고 납득할 수 있을 리가 없어. 시도의 기억을 지우는 걸 용납하지 못하는 것도 당연해."

미오는 차분한 어조로 말을 이었다.

"⋯⋯그러니까, 저항하지 말라는 말은 하지 않겠어. 그것은 너희에게 있어 당연한 권리야."

자, 하고 미오가 양손을 펼쳤다.

"⋯⋯넘비렴, 나의 귀여운— 딸들아."

단장(斷章)/2 Friends

"흥흐흐흥~."

타카미야 마나는 제목도 모르는 노래를 콧노래로 흥얼거리면서 현관을 지나쳤다. 희미하게 땀이 밴 세일러 교복, 그리고 하나로 모아 묶은 머리카락 끝을 휘날리면서 복도를 리드미컬하게 나아갔다.

"—응?"

그리고 거실에 도착한 순간, 마나는 발걸음과 콧노래를 멈췄다.

이유는 단순했다. 그곳에 누군가가 있었기 때문이다.

"미오 씨, 무슨 짓거리를 하고 있는 거예요?"

마나가 고개를 갸웃거리면서 묻자, 그 사람은 그녀를 돌아보았다.

"마나."

천사처럼 사랑스러운 외모를 지닌 그 사람은 그렇게 말하며 마나를 응시했다.

타카미야 미오. 얼마 전부터 이 집에서 살고 있는 소녀다.

마나와 성이 같지만, 그렇다고 친척관계는 아니다. 마나의 오빠인 신지가 어딘가에서 데려온(이렇게 말하니 왠지 범죄라도 저지른 것 같지만) 정체불명의 소녀다. 이름이 없었기 때문에, 신지가 편의상 그런 이름을 지어준 것이다.

미오가 고개를 돌리자, 그녀의 몸에 가려져서 보이지 않던 것이 마나의 눈에 들어왔다. 아무래도 미오는 테이블 위에 사전을 펼쳐두고 뭔가를 조사하고 있었나 보다.

미오는 엄청난 속도로 일본어를 익혔지만, 아직 모르는 게 많은 것 같았다. 마나는 한숨을 내쉰 후, 책가방과 죽도 가방을 소파에 두고 미오의 옆에 앉았다.

"뭔가 모르는 거라도 있어요? 혹시 그렇다면 이 마나한테 얼마든지 물어봐도 돼요."

마나는 그렇게 말하면서 자신의 가슴을 손으로 두드렸다.

처음 만났을 때만 해도 마나는 미오를 미심쩍어 했지만, 순수하고 귀여운 그녀와 같이 지내다 보니 지금은 연상의 여동생(모순)이 생긴 것 같은 느낌이 들었다.

"정말이야? ……고마워."

미오는 그렇게 말한 후, 난처하다는 듯이 눈썹을 살짝 오므렸다.

"말이라는 건 정말 어렵네. 이해하고 있다고 생각했는데, 상황과 그 안에 담긴 감정에 따라 의미가 달라져. 나도 그 말을 들었을 때는 의미를 제대로 파악했다고 생각했지만, 지금 생각해보니 신의 말을 정확하게 이해한 건지 불안해지지 뭐야……."

"흐음, 오라버니의 말…… 어, 으음?"

마나는 그 말을 듣더니 고개를 갸웃거렸다.

"……으음, 대체 오라버니에게 어떤 말을 들어버린 건데요?"

신지가 그런 짓을 할 리는 없겠지만, 일본어가 능숙하지 않은 미오에게 외설적인 은어를 입에 담게 하며 성적 흥분을 느끼기라도 했다면 마나가 그녀의 애도인 돈로마루를 뽑아들 사태다. 마나는 식은땀을 흘리면서 물었다.

그러자 미오는 사전의 한 부분을 손가락으로 가리키면서 대답했다.

"신이 나한테, 『데이트』를 하자고 말했어."

"─예?"

마나는 미오의 말을 듣고 눈을 동그랗게 뜨더니 얼빠진 목소리를 냈다.

"데, 데이트……를 하자고 말했다고요?"

"응. 하지만 데이트라는 건 남녀가 날짜를 정해서 만나는 것, 혹은 날짜를 가리키는 말이잖아? 문맥으로 보자면 신이 말한 건 전자 같지만, 신과는 매일 만나고 있으니 일부러

날짜를 정해서 만날 이유가 없어. 어쩌면 비유 표현일지도 모른다고 생각했지만, 이미 대답을 해버린 상황에서 신에게 어떤 의미인지 물어보는 것도 좀 그래서⋯⋯."

"⋯⋯."

마나는 잠시 침묵에 잠기더니 「하아⋯⋯」 하고 크게 한숨을 내쉬었다.

"⋯⋯오호라, 오호라. 다른 사람도 아니고, 오라버니가⋯⋯. 하아⋯⋯."

그리고 마나는 감개무량한 표정을 지으면서 테이블에 엎드렸다. 미오는 그런 마나를 이상하다는 듯이 쳐다보았다.

"⋯⋯마나?"

"아⋯⋯ 미안해요. 설마 그 벽창호 오라버니가 이렇게 스피디하게 일을 벌일 거라고는 생각도 못해버렸거든요."

마나는 몸을 일으키고 볼을 긁적였다.

"으음⋯⋯ 그러니까 말이죠. 뭐라고 할까요. 말의 의미는 사전에 적힌 게 맞아요. 즉, 오라버니는 미오 씨와 단둘이서 외출하고 싶은 거예요."

"그렇구나. 하지만 전에도 단둘이서 외출한 적이 있거든? 일전에 신이 마을을 안내해줬어."

"뭐, 그렇기는 해요. 하지만 좀 더, 두 사람의 관계에 관한 문제라고나 할까요. 오라버니는 미오 씨와 더 친해지고 싶은 거예요. ⋯⋯우정이 아니라 연애적인 의미에서 말이에요."

마나의 설명에 미오는 생각에 잠기듯 턱에 손을 댔다.

"혹시 신은 나와 교미가 하고 싶은 거야?"

"푸웁……?!"

마나는 그 직설적인 단어에 그대로 사레가 들리고 말았다.

"마나, 왜 그래?"

"아, 아뇨……. 따지고 보면 완전히 틀린 말도 아니라고 생각하지만…… 뭐, 그것보다 이전 단계라고나 할까, 미오 씨에게 호의를 가지고 있다고나 할까요……."

마나는 난처한 표정을 지으며 더듬더듬 설명을 시작했다.

……자처한 일이기는 하지만, 오빠가 연애감정을 품은 상대에게 이런 설명을 하는 것은 정신적으로 꽤나 힘든 일이었다. 마나는 나중에 신지에게 맛있는 거라도 얻어먹어야겠다고 결심했다.

"─."

마나가 당혹스러워하면서도 말을 골라가며 신지의 의도를 설명하자, 미오는 눈을 동그랗게 뜨더니 곧 볼을 살짝 붉혔다.

"미오 씨?"

마나가 고개를 갸웃거리자, 미오는 우물쭈물하면서 말을 이었다.

"……역시, 말이라는 것은 신기하네. 의미는 알고 있는데, 그것을 신과 나에게 대입해 보니 갑자기 불가사의한 감정이 느껴져. 그래…… 후후. 신은, 나에게 호의를 가지고 있구

나. 왠지…… 기뻐."

미오는 그렇게 말하며 빨개진 볼에 손을 댔다.

"……윽. 하아, 정말……."

미오의 그런 모습이 너무 귀여웠기에, 마나 또한 덩달아 얼굴을 붉히고 말았다.

왠지 눈앞에 있는 소녀가 너무 사랑스러워서 견딜 수가 없었다. 새언니라고 부르고 싶으니까, 빨리 오라버니와 결혼하라고요! 하고, 마나의 마음속에 있는 리틀 마나가 외쳤다.

마나는 두 손으로 테이블을 내리치더니, 힘찬 목소리로 말했다.

"좋아요. 이렇게 된 거, 확 준비도 해버리죠!"

"준비……?"

"예. 오라버니와 미오 씨의 첫 데이트가 실패해버리면 안 되니까요. 오라버니에게는 따로 조언을 해주기로 하고…… 우선 미오 씨가 데이트 때 입을 옷을 조달하러 가죠!"

"옷? 지금 있는 것만으로 충분해. 부족하면 더 늘리면 되거든."

미오는 손가락 끝을 빙글빙글 돌리면서 그렇게 말했다.

그렇다. 미오는 불가사의한 힘을 지녔으며, 자기가 본 옷을 그대로 복제할 수 있다. 지금 입고 있는 옷 또한 마나의 옷을 복제해서 만든 것이다.

"무슨 소리를 하는 거예요~! 이건 마음가짐의 문제예요!

남에게 빌린 갑옷으로 전쟁을 치르러 갈 거예요?! 그리고 전부터 생각했던 건데, 미오 씨는 좀 더 귀여운 옷을 입어버려야 한다고요!"

마나가 열띤 목소리로 그렇게 말하며 몸을 쑥 내밀자, 미오는 화들짝 놀라면서 식은땀을 흘렸다.

"그, 그렇구나⋯⋯. 그런데, 어떤 게 귀여운 옷이야?"

"으음⋯⋯."

마나는 그 말을 듣고 미간을 살짝 찌푸렸다.

열광적으로 주장을 펼쳐놓고 이런 소리를 하는 것도 좀 그렇지만, 사실 마나 또한 패션에는 문외한에 가까웠다. 만약 마나에게 그런 센스가 있다면, 마나의 옷을 복제해서 입고 있는 미오 또한 더욱 귀여워 보일 것이다.

마나는 잠시 생각에 잠긴 후, 작게 한숨을 내쉬었다.

"⋯⋯어쩔 수 없네요. 본의는 아니지만 도우미를 불러올게요. 잠시만 기다려주세요."

그리고 거실 한편에 있는 전화기의 수화기를 들고 버튼을 눌렀다. 잠시 신호가 가더니, 곧 통화가 연결됐다.

"―아, 여보세요. 타카미야예요. 좀 상의드릴 일이 있는데요. 예, 실은, 옷을 고르는 걸 도와줬으면 해서―."

마나가 거기까지 말한 순간, 갑자기 통화가 끊겼다.

그리고 몇 분 후― 후다다다닥 하는 발소리가 들리더니, 거실 창문이 드르륵 하고 열리면서 한 소녀가 모습을 드러냈다.

양쪽으로 나눠묶은 머리카락과 고양이를 연상케 하는 두 눈을 지닌 이 소녀는 근처에 사는 마나의 친구, 호무라 하루코다.

"아까 했던 말, 진짜야?!"

흥분한 하루코가 그렇게 외치더니, 힘차게 신발을 벗어던지며 거실 안으로 들어오자마자 마나의 손을 움켜잡았다.

"드디어~ 마나도 패션에 눈을 떴구나! 얼굴도 귀엽지, 몸매도 좋은데 항상 교복 아니면 체육복 아니면 검도복만 입어서 좀 걱정했어! 그래, 어떤 스타일이 취향이야? 지금 시간 있어? 나랑 같이 옷가게에—."

"진정 좀 하세요. 내가 입을 옷을 골라달라는 말은 한 마디도 안 했거든요?"

"어? 그래?"

하루코는 눈을 동그랗게 뜨고 낙담한 것처럼 한숨을 내쉬었다.

"뭐야……. 드디어 마나한테도 봄이 온 줄 알았는데 말이야. 금욕적인 것도 좋지만, 그것도 지나치면 애인이 안 생길걸?"

그리고 괜한 참견을 했다. 마나는 팔짱을 끼면서 흥 하고 코웃음을 쳤다.

"하루코한테 그런 말을 듣고 싶지는 않거든요? 그러는 그쪽이야말로 타츠오 선배와 어떻게 되어 가고 있는데요?"

"그, 그건 옷 고르는 것과는 상관없는 일이거든?!"

하루코는 얼굴을 붉히면서 새된 목소리로 그렇게 외쳤다. 남 일에는 그렇게 참견하고 싶어 했으면서, 자기가 참견을 당하자 얼굴이 홍당무가 된 것이다. 마나는 어깨를 으쓱이더니, 옆에 앉아 있는 미오를 손가락으로 가리켰다.

"일단 그 일은 제쳐두기로 하고, 실은 내가 아니라 이 사람이 입을 옷을 골라줬으면 해요."

하루코는 그 말을 듣고 미오를 향해 고개를 돌리더니 「우왓!」 하고 외치며 눈을 치켜떴다.

"어, 엄청난 미소녀잖아……?! 대체 어디 사는 어떤 분이야?!"

아무래도 미오의 존재 자체를 눈치채지 못하고 있었던 건지, 그녀는 과장스러울 정도로 놀란 반응을 보였다.

"타카미야 미오 씨. 내…… 으음, 먼 친척이에요."

"만나서 반가워."

마나가 소개를 한 후, 미오는 그렇게 말하면서 고개를 숙였다.

그러자 하루코는 몇 초 동안 얼이 나간 것처럼 미오의 얼굴을 뚫어져라 쳐다보다가 화들짝 놀라며 어깨를 부르르 떨었다.

"아, 실례했습니다! 호무라 하루코, 열네 살! 마나의 베프예요!"

"베프……."

"아, 미오 씨. 딱히 중요한 말은 아니니까 신경 꺼버려도 돼요."

마나는 어험 하고 헛기침을 한 후, 말을 이었다.

"아무튼, 미오 씨가 입을 데이트용 옷을 골라줬으면 해요. 하루코는 그런 게 특기죠?"

"응. 특기라기보다 엄청 좋아해. ……아, 참고 삼아 묻는 건데 말이야. 이런 미~소녀와 데이트 약속을 잡은 러키 보이는 대체 누구야?"

하루코가 서양 영화에서나 나올 법한 어조로 그렇게 말하자, 마나는 약간 귀찮은 듯한 어조로 대답했다.

"뭐, 내 오라버니예요."

"정말?! 진짜 잘 됐네!"

하루코는 힘찬 목소리로 그렇게 말하면서 마나와 어깨동무를 했다.

"좋아, 알았어. 그러니까, 네 오빠가 한눈에 폭 빠져버릴 정도로 미오 씨를 멋지게 코디해달라는 거지? 흐흥~, 어떤 게 좋을까~."

하루코는 그렇게 말하면서 호주머니에 들어있던 막대 사탕을 꺼내 입에 집어넣었다.

그것은 하루코의 버릇 같은 것이다. 그녀의 말에 따르면, 생각에 잠길 때 사탕을 핥아주면 집중력이 좋아진다고 한다.

"금세 상황을 파악한 것 같아서 다행이에요. 뭐, 오라버니는 상대방의 복장이 별로라고 마음이 확 변해버릴 사람이 아니지만, 그렇다고 복장에 신경을 쓰지 않아도 되는 건 아니죠. 여자가 데이트에 임할 때는 기합을 팍팍 넣어야 하니까요."

마나와 하루코가 힘찬 어조로 그렇게 말하자, 미오는 약간 당황한 반응을 보이면서도 「그, 그럼…… 잘 부탁해」하고 고개를 끄덕였다.

제2장 세 명의 마술사

"—윽!"

한적한 주택가의 상공이 전장으로 탈바꿈된 가운데, 토비이치 오리가미는 손을 뻗어서 맥없이 쓰러지는 소녀의 몸을 안아들었다.

아름다운 소녀는 DEM인더스트리에서 만든 CR-유닛을 걸치고 있었다. 그녀의 선명한 금발이 햇빛을 받아 찬란히 빛났다.

아르테미시아 벨 애시크로프트. 아뎁투스2라는 콜사인을 지닌 DEM의 마술사이자— 몇 초 전까지 오리가미가 접전을 벌인 상대였다.

"큭……."

팔이 그녀의 무게를 느낀 순간, 오리가미는 반쯤 무의식적으로 미간을 찌푸렸다.

오리가미가 걸친 순백색 CR-유닛과 한정 영장이 어깨 부분부터 반대편 허리 쪽까지 찢어져, 그곳에서 엄청난 양의 피가 뿜어져 나오고 있었던 것이다.

"휴우―."

오리가미는 살며시 숨을 내쉬면서 자신을 감싼 임의영역^(테리터리)을 조작했다. 그리고 지혈과 통각 차단을 하면서 아르테미시아의 몸을 눈에 보이지 않는 힘으로 감쌌다.

그러자 전방에서 누군가의 목소리가 들려왔다.

"너무 무리하지 마. 통증을 없앴다고 해서 상처가 나은 건 아니잖아."

"맞아요! 빨리 치료해야 해요……!"

육상자위대 제식 채용 장비를 걸친 전직 AST 대장, 쿠사카베 료코와 그녀의 부하인 오카미네 미키에가 걱정스러운 표정으로 오리가미의 몸에 난 상처를 쳐다보고 있었다.

"……괜찮아. 이 정도 상처에는 이미 익숙해."

"바보. 『참을 수 있다』와 『괜찮다』는 엄연히 달라. ―자, 나한테 넘겨. 아무리 테리터리로 들고 있더라도 집중력이 소모될 거잖아."

료코는 그렇게 말하면서 자신의 테리터리를 넓히고 아르테미시아를 넘겨받았다.

그 덕분에 오리가미의 뇌에 가해지던 부담이 경감되며 영역 유지 또한 수월해졌다. 오리가미는 또 가늘게 숨을 내쉬었다.

현현장치를 이용해 생성되는 테리터리는 말 그대로 『사용
자의 뜻대로 되는 공간』이지만, 뭐든 마음대로 되냐면 그렇
지 않았다. 영역에 과도한 부담이 가해지면, 그것을 제어하
고 있는 뇌가 대미지를 입고 마는 것이다.

"그건 그렇고……."

료코는 눈에 보이지 않는 영역으로 안아든 아르테미시아
를 쳐다보면서 탄성을 흘렸다.

"1대 다수로 싸우기는 했지만, 진짜로 아르테미시아 애시
크로프트를 쓰러뜨렸네……. 대체 어떤 마법을 쓴 거야?"

예전에 SSS의 톱 에이스였던 아르테미시아 애시크로프트
는 위저드들 사이에서 유명한 존재다. 인류 최강 랭킹을 매
긴다면 엘렌 메이저스에게 가장 근접한 위치에 랭크될 정도
인 것이다. 그러니 료코가 놀라는 것도 무리는 아니다.

하지만, 료코가 방금 한 말은 올바르지 않았다. 그래서 오
리가미는 고개를 저었다.

"결정타를 날린 건 내가 아냐."

"뭐? 그럼……."

료코가 고개를 갸웃거리고 있을 때, 조금 떨어진 곳에서
한 목소리가 들려왔다.

"오리가미 씨, 괜찮으세요……?!"

"음, 성공한 것 같구나."

거대한 토끼 모양 인형의 등에 탄 상냥해 보이는 소녀, 그리고 열쇠 모양의 석장을 손에 쥔 장발 소녀가 하늘 위를 미끄러지면서 오리가미의 곁으로 왔다.

요시노와 무쿠로. 오리가미와 아르테미시아 담당 팀을 짜서 함께 싸운 정령들이었다.

특히 무쿠로는 이 작전의 열쇠라고 할 수 있는 정령이었다.

그녀의 천사인 〈미카엘〉은 삼라만상을 『잠그고』, 『열 수 있는』 열쇠의 천사다. 그것은 눈에 보이지 않는 것— 예를 들면 봉인된 기억이라도 예외는 아니다.

아르테미시아는 DEM에 의해 기억이 봉인된 채로 조종당하고 있는 상태였다. 오리가미가 아르테미시아에게 빈틈을 만들어 낸 순간, 무쿠로가 천사 〈미카엘〉을 아르테미시아의 머리에 찔러 넣어 잠겨 있던 기억을 연다. 그것이 이번 작전의 개요였다.

오리가미가 간략하게 설명을 하자, 료코는 깜짝 놀란 것처럼 눈을 동그랗게 떴다.

"하아…… 너희가 말이야? 아, 맞아. 너희는 정령이지……."

그리고 복잡한 표정으로 요시노와 무쿠로의 얼굴을 뚫어져라 쳐다보았다.

그러자 료코의 뒤편에 있던 AST 대원들도 흥미롭다는 듯이 그 두 사람을 둘러쌌다.

"으음, 네가 〈허밋〉이고, 네가 〈조디악〉이야?"

"우와, 말도 안 돼. 이렇게 가까운 데서 정령을 보는 건 처음이야."

"……이 애들, 너무 귀엽지 않아?"

검은색 CR-유닛을 걸친 대원들이 여학생들처럼 시끌벅적하게 떠들어대기 시작했다.

"음?"

"어…… 저, 저기……."

무쿠로는 태연했지만, 요시노는 부끄러운지 시선을 피했다.

"아, 미안해. 실은 좀 의외라서 말이야. 이렇게 가까이에서 보니 진짜 평범한 여자애네. 대화도 불가능한 적성(敵性) 생명체라는 소리는 대체 뭐였던 거야……."

료코는 아하하 하고 쓴웃음을 흘리면서 머리를 긁적였다.

인류에게 있어 불구대천의 원수로 여겨지던 정령, 그리고 그 정령을 사냥하는 것이 임무인 대(對) 정령부대의 대장이 이렇게 가까운 거리에서 대화를 나누고 있다. ……왠지, 감개무량한 광경이었다.

하지만 계속 잡담이나 나누고 있을 수도 없다. 아르테미시아라는 막강한 적을 무력화시키기는 했지만 아직 전투는 계속되고 있는 데다, 오리가미 일행도 모든 목적을 달성하지는 못한 것이다.

"대장. 끌어들여 놓고 이런 말을 해서 미안하지만, 협력해 줘. 아르테미시아를 〈프락시니스〉로 옮겨줬으면 해."

"〈프락시너스〉?"

"응. 일전에 이야기했던 〈라타토스크〉 측의 공중함이야. 자세한 건 나중에 이야기해주겠지만, 아르테미시아를 거기로 옮기면 〈밴더스내치〉를 무력화시킬 수 있을지도 몰라."

"흐음……?"

료코는 의아하다는 듯이 눈썹을 찌푸렸지만, 이내 씨익 웃었다.

"뭘 하려는 건지는 모르겠지만, 재미있을 것 같네. DEM 녀석들 때문에 짜증이 이만저만 아니거든. 제대로 한 방 먹여줄 수 있다면 협력할게."

"고마워."

오리가미가 그렇게 말하자, 료코는 손을 가볍게 내저었다. 그리고 그녀는 AST 대원들에게 지시를 내렸다.

"좋아. 나를 중심으로 수비 편대를 짜. 테리터리를 방어 속성으로 설정한 후, 주위에서 날아오는 공격을 막아. 반격은 최소한으로 줄이고, 아르테미시아의 호송을 최우선으로 삼는 거야!"

"""라져!"""

미키에를 비롯한 AST 대원들이 료코의 지시에 따라 그녀의 상하좌우로 이동했다. 집단전에 특화된 팀답게, 그런 움직임에 익숙해 보였다.

"그럼 간다, 오리가미."

"잘 부탁해."

오리가미가 고개를 끄덕이면서 그렇게 대답하자, 료코는 도끼눈을 떴다.

"잘 부탁해, 는 무슨! 너도 같이 가는 거야! 그 상처를 방치해 둘 셈이야? 〈프락시너스〉가 어떤 배인지는 모르겠지만, 치료 설비 정도는—."

하지만 료코는 더 이상 말을 잇지 못했다.

아니, 정확하게는 전방에서 들려온 큰 목소리에 료코의 목소리가 가려지고 말았다.

"—오리가미 씨!"

검은색과 푸른색이 어우러진 CR-유닛을 걸친 소녀가 절규에 가까운 목소리로 오리가미의 이름을 외치면서 맹렬한 속도로 이곳을 향해 날아온 것이다.

하나로 모아 묶은 머리카락, 왼쪽 눈 밑에 있는 눈물점. 틀림없다. 요시노, 무쿠로와 함께 주위의 적을 소탕하고 있던 〈라타토스크〉 측의 위저드, 타카미야 마나였다.

그녀의 얼굴은 초조함으로 가득 차 있었고, 눈에는 핏발마저 서 있었다. 평소의 마나라면 절대 짓지 않을 듯한 표정을 지은 그녀가 필사적으로 고함을 지르고 있었다.

바로 그때—.

"……윽?!"

오리가미 일행도 그제야 깨달았다.

자신들의 후방에서, 어마어마한 힘을 지닌 『무언가』가 모습을 드러냈다는 사실을 말이다.

"앗─."

일제히 그쪽을 돌아본 오리가미 일행은 말문이 막히고 말았다.

─그것은, 구체였다.

전장인 하늘에, 원형의 거대한 물체가 느닷없이 나타난 것이다.

기묘한 압박감을 지닌 그것을 본 순간, 죽음을 예감하고 말았다. 상당히 떨어진 곳에 있는데도 『그것』을 본 순간, 치사성 독에 노출된 듯한 착각에 사로잡혔다.

하지만, 그것으로 끝이 아니었다.

마치 꽃봉오리가 피어나는 것처럼 구체가 꿈틀거리더니, 빛으로 된 입자가 사방으로 흩뿌려졌다.

그리고 그것은─ 오리가미 일행을 향해서도 날아왔다.

"……윽! 방어 진형!"

"""라져……!"""

료코의 호령에 따라 AST 대원들이 오리가미 일행을 지키려는 것처럼 테리터리를 넓혔다.

하지만─ 이래서는 안 된다. 오리가미는 위 밑바닥에 차가운 무언가가 퍼져나가는 듯한 느낌을 받자마자 고함을 질렀다.

"……윽! 안 돼! 도망쳐!"

"걱정하지 마세요……! 오리가미 씨는 저희가—."

바로 그때였다.

흩뿌려진 조그마한 빛의 입자가 견고한 테리터리를 통과하더니, 오리가미를 지키려는 듯이 두 손을 펼친 미키에의 몸에 닿았다.

그러자 바로 그 순간, 미키에의 몸에서 힘이 쭉 빠지더니 그대로 지상을 향해 추락했다.

아니, 미키에만이 아니었다. 빛의 입자에 닿은 몇몇 대원들이 마찬가지로 추락하기 시작했다.

"……윽!"

"잠깐—!"

오리가미와 료코, 그리고 남은 위저드들이 허둥지둥 테리터리를 펼쳐서 낙하하던 대원들을 붙잡았다.

"괜찮아?! 뭐가 어떻게—."

료코가 그렇게 말하면서 테리터리로 붙잡은 대원의 볼을 두드리다가— 말을 끝까지 잇지 못했다.

"어, 어떻게 된 거야……. 죽었……어……?"

"……윽?!"

오리가미는 미간을 찌푸리고 테리터리를 조작해서 자신의 곁으로 옮긴 미키에의 목덜미에 손을 댔다.

맥박과 호흡이, 느껴지지 않았다.

생명활동이, 완전히 정지된 것이다.

"—."

영문을, 알 수가 없었다.

원리도, 알 수가 없었다.

분명한 것은, 저 거대한 구체에서 뿜어져 나온 빛에 닿기만 한 대원들이 죽었다는 사실과—.

저 구체가 시도와 토카, 야마이 자매가 〈니벨코르〉를 소탕하기 위해 향한 곳에 나타났다는 점뿐이다.

"……윽! 시도—!"

오리가미는 주먹을 으스러져라 말아 쥐더니, 료코를 향해 고개를 돌렸다.

"—대장. 미케와 다른 사람들을 부탁해. 서둘러 〈프락시너스〉의 의료용 현현장치를 이용하면 소생시킬 수 있을지도 몰라."

"아, 알았어……! 잠깐, 너는—."

그리고 료코의 말을 끝까지 듣지도 않고 허공을 박찼다.

◇

—만남이 있기에, 이별이 있다.

진부한 표현일지도 모르지만, 그것은 일종의 진리가 틀림없다.

해후와 이별은 둘이자 하나다. 아무리 친한 사이일지라도, 그와 자신이 하나가 아닌 이상, 『만남』이라는 플러스가 있다면 언젠가 반드시 『이별』이라는 마이너스가 생겨난다.

언제나 결과는 플러스마이너스 제로. 과정에 어떤 차이가 있든, 결국 그 균형은 유지된다.

하지만 인간의 마음이라는 것은 단순하지 않다.

상대에 대한 호의가 크면 클수록, 인간은 이별의 순간에 크나큰 마이너스를 느끼게 되는 것이다.

철이 들기 전부터 곁에 있었던 이와의 이별이라면 더욱 그러할 것이다.

부모, 형제자매— 혹은, 소꿉친구.

만남이 있었다. 있었지만, 그것을 인식하지 못했다.

어느새 만났고, 철이 들고 보니 곁에 있었으며, 함께 있는 것이 당연시됐다.

—그런 인간이 자신의 곁에서 사라진다면, 인간은 어떤 감정을 느낄까.

플러스를 인식하지도 못한 상황에서, 느닷없이 마이너스를 맞이한 것이다. 거역하기 어려운 그 부조리는 인간의 마음에 깊은 상처를 남긴다.

하지만 그것이 상대방의 성장에 의한 것이라면, 사람은 쓸쓸함을 느끼면서도 마음속에 희망을 품을 수 있을 것이다.

또한 사별에 의한 것이라면, 말로 형용할 수 없는 비애를 느끼겠지만, 마음속 깊은 곳에는 따뜻한 추억이 남을 것이다.

하지만, 그 이별이 상대방의 배신에 의한 것이라면—.

마음속에 생겨나는 것은, 엘렌 메이저스가 엘리엇 우드먼에게서 느끼고 있는 것과 비슷한 감정이리라.

"—하아아아아아아아아아앗!"

엘렌은 포효에 가까운 절규를 터뜨리며 레이저 블레이드 〈칼라드볼그〉를 휘둘렀다. 농밀한 마력에 의해 형성된 칼날이 빛으로 된 궤적을 남기며 눈앞에 있는 상대— 우드먼에게 꽂혔다.

인류 최강의 위저드가 혼신의 힘을 다해 날린 일격이었다. 정령의 영장조차도 간단히 찢어발길 필멸의 일격인 것이다.

"홋—."

하지만 우드먼은 레이저 랜스를 치켜들어 그 일격을 막아냈다.

"흠, 엄청난 마력량인걸. 하지만 공격이 너무 직선적이야. 오랜만에 나와 재회해서 기쁜 건 알지만, 좀 진정하지 그래? 엘렌."

"닥쳐!"

엘렌은 쥐어짜낸 목소리로 그렇게 외치더니, 칼자루를 쥔 손에 더욱 힘을 주면서 다시 공격을 날렸다.

두 번, 세 번, 네 번— 그야말로 쉴 새 없이 말이다.

마력으로 된 공격이 하늘을 수놓는 불꽃처럼 사방으로 퍼져나갔다.

평범한 이들의 눈에는 눈부신 빛처럼 보일 것이다. 하지만 그것을 아름답다고 뇌가 인식한 순간, 그의 몸은 산산조각이 나있으리라.

하지만 우드먼은 눈에도 보이지 않는 공격을 정확하게 포착한 후, 피하고, 막아내거나, 혹은 흘려보냈다.

상상을 초월하는 반사속도였다. 아마 아르테미시아라도 이렇게 완벽하게 엘렌의 공격을 막아내지는 못할 것이다.

하지만 그것도 당연했다.

지금 엘렌의 눈앞에 존재하는 이는 DEM인더스트리의 창설 멤버인 엘리엇 볼드윈 우드먼이다.

몇 안 되는 순정 마술사이자— 이 세계 최초의 인조 마술사^{위저드}인 것이다.

현재는 엘렌이 세계 최강이라는 호칭을 거머쥐고 있지만, 그녀에게 리얼라이저의 사용법을 가르친 사람이 바로 우드먼이다. 즉, 엘렌에게 있어서는 스승이라 해도 과언이 아니다. 생성 마력의 양은 엘렌이 앞서지만, 리얼라이저의 제어와 테리터리의 조작기술에 있어서는 우드먼이 한 수 위인 것같았다.

하지만— 아니, 그렇기 때문에, 엘렌은 더욱 분노에 사로잡혔다.

"왜…… 왜 우리를 배신한 거야! 엘리엇……!"

그렇다. 그것은…….

우드먼이 그들의 곁을 떠난 후로, 쭉 그녀의 가슴 속에 응어리처럼 남아 있던 마음이었다.

그날은 아직도 엘렌의 머릿속에 새겨져 있었다. 엘렌, 그녀의 여동생인 카렌, 웨스트코트, 그리고 우드먼, 이렇게 네 사람은 업화에 휩싸인 고향을 바라보며 맹세했다.

인간에게 보복을 하기로, 인류에게 복수를 하기로, 그리고 이 세계에— 반역하기로 말이다.

메이거스에 의한 새로운 질서의 창조. 옛 세계에의 덮어쓰기. 그런 몽상(夢想)이나 다름없는 일을 실현하기 위해, 그들은 피를 토할 정도로 연구를 거듭해왔다.

리얼라이저, 위저드, 공중함, 자동인형— DEM인더스트리가 지닌 수많은 초월적인 기술은 전부 그 부산물에 지나지 않았다.

모든 것은 새로운 세계를 위해서—.

모든 것은, 동포들의 한을 풀기 위해서—.

그런, 데도…….

"너는…… 우리의 맹세를 저버렸어! 그뿐만 아니라 카렌을 홀려서 연구 성과를 찬탈했고, 우리 앞에 적으로서 나타났지! 그 죄는 네 목숨으로도 다 갚지 못해……!"

분노. 저주. 원한. 온갖 부정적인 감정을 목소리에 담아 엘렌은 울부짖었다.

그러자 엘렌의 공격을 정확하게 막아내던 우드먼이 작게 한숨을 내쉬었다.

"너희에게는 미안하다고 생각해. ……뭐, 카렌을 홀린 적은 없다고나 할까, 나도 모르는 사이에 준비를 다 마치고 나를 졸졸 따라온 건데— 아무튼, 나는 너희와 적대하고 싶었던 건 아냐. 그저 너희의 길과 내 길이 그런 식으로 뒤엉켰을 뿐이지."

"헛소리……!"

"헛소리가 아냐. 마을을 불태운 자들을 향한 원망도, 동포들을 죽인 자들을 향한 증오도 완전히 사라지지는 않았어. 그저—"

바로 그때— 우드먼은 갑자기 말을 멈췄다.

"……윽."

하지만 엘렌은 그 이유가 짐작이 되었다.

두근, 하고 세계가 고동치는 느낌이 들었다. 자연적으로는 불가능한 마나의 흐름이 느껴졌다. 그것은 바로 30년 전, 엘렌 일행이 시원의 정령을 탄생시켰을 때 느꼈던 것과 동일했다.

아마— 나타난 것이다. 그 여자가 말이다. 그것도 여기서 멀시 않은, 어닌가에 날이다.

"……."

우드먼은 깊은 감회가 어린 눈빛을 띠면서 말을 이었다.

"……그 정령을 봤을 때, 나는 이런 생각이 들어버렸지. 『……아아, 아름다워』 하고 말이야. 그리고 생각하게 됐어. 아무리 복수를 위해서라고 해도, 아무런 상관도 없는 저 애를 희생시켜도 될까. 그래서야 우리 고향을 불태워버린 인간들과 다를 바 없다……라고 말이야."

우드먼은 그렇게 말하면서 엘렌을 지그시 응시했다. 그 시선에는 희미한 비애와 연민이 어려 있었다.

"……큭!"

그 말이, 그 시선이…….

심장이 타들어가는 듯한 짜증을 엘렌에게 안겨줬다.

시원의 정령이 이 자리에 출현할 거라고는 생각도 못했다. 하지만 엘렌에게 있어서는 아무래도 상관없는 일이었다. 눈앞에 있는 배신자를 죽이는 것만이, 엘렌의 존재 이유인 것이다.

"헛소리……하지 마!"

엘렌은 그렇게 외치며 팔을 치켜들고, 머릿속으로 테리터리를 조작했다.

"〈셔스티폴〉!"

그러자 CR-유닛의 백팩에 탑재되어 있던 수많은 레이저 에지가 사출되더니, 우드먼을 향해 수리검처럼 회전하며 날아갔다.

"쳇—."

아무리 우드먼이라도 이렇게 밀접한 상태에서 저 모든 공격을 막아내는 것은 무리인 것 같았다. 그는 눈을 가늘게 뜨고 테리터리의 강도를 높이면서 방어 태세를 취했다.

하지만 엘렌은 우드먼이 그런 행동을 취할 것을 예상하고 날카로운 눈빛을 띠며 머릿속으로 지령을 내렸다.

그 순간, 레이저 에지 〈셔스티폴〉에 탑재된 마력 기뢰가 작동됐다. 그러자 어마어마한 폭발이 우드먼을 휘감았다.

보조 병기라고 해도, 그 기뢰의 숫자와 위력은 엄청났다. 평범한 위저드였다면 방금 폭발에 휘말린 순간, 그대로 목숨을 잃었을 것이다.

하지만 상대는 우드먼이다. 엘렌 또한 방금 공격으로 치명상을 입혔을 거라고는 전혀 생각하지 않았다.

방금 공격의 진정한 목적은 갑작스러운 폭발로 우드먼에게 약간의 틈을 만들어내는 것이다. 그리고 폭풍에 의해 발생한 연기로 그의 시야를 차단했다.

엘렌은 테리터리를 조작해서 〈칼라드볼그〉를 공중으로 내던진 후, 등에 장착한 유닛을 변형시켜 왼쪽 옆구리 쪽을 통해 앞으로 전개시켰다.

왕의 이름을 지닌 CR-유닛 〈펜드래건〉. 그 유닛에 탑재된 무장 중에서도 최대최강의 출력을 자랑하는 병기.

아무 것도 모르는 이가 이것을 봤다면, 분명 거대한 대포로 착각할 것이다.

하지만 이것은 대포가 아니다.

이것은 바로—.

"꿰뚫어라! 〈론고미안트〉……!"

—그저 거대하기 그지없는, 빛으로 된 창이었다.

엘렌의 외침에 따라 유닛에 빛이 맺히더니, 엄청난 마력 덩어리가 전방을 향해 뻗어나갔다.

엘렌의 생성 마력을 날카롭게 제련해, 단 한 점에 집중시켜 뿜을 뿐인, 지극히 단순한 병기였다.

하지만, 아니, 그렇기 때문에— 최강인 것이다.

창에 필요한 것은 복잡한 기능이 아니다.

그저, 적을 꿰뚫을 힘만 있으면 된다.

그리고 인류 최강인 엘렌의 창이 꿰뚫지 못하는 것이 이 세상에 존재할 리가 없다.

하지만…….

"……윽?!"

엘렌의 눈썹이 희미하게 떨렸다.

〈론고미안트〉가 정통으로 꽂히기 직전, 연기 너머에 있는 우드먼의 모습이 언뜻 보인 것이다.

우드먼은 이미 방어 태세를 풀었다.

그리고— 엘렌과 마찬가지로, 손에 쥔 유닛으로 전방을 겨누고 있었다.

엘렌은 그것이 바로 우드먼이 방금까지 무기 삼아 쓰던 레이저 랜스라는 사실을 뒤늦게 깨달았다.

왜냐하면 그의 레이저 랜스는 아까와는 전혀 다른 형태로 변형되어 있었던 것이다.

그것은 창이라기보다, 거대한 대포처럼 보였다.

그렇다. 마치— 엘렌의 〈론고미안트〉처럼 말이다.

"〈건—그녀〉!"

우드먼이 그렇게 외친 순간, 그가 쥔 유닛에서 마력광이 발사됐다.

그것은 공중에서 엘렌의 〈론고미안트〉와 격돌하더니—.

하늘을, 새하얀 빛으로 물들였다.

◇

"……웃, ……하아."

토카는 미친 듯이 뛰는 심장을 진정시키려는 것처럼 깊은 호흡을 반복했다.

하지만 심장은 전혀 진정되지 않았다. 목이 메말랐다. 검을 쥔 손이 떨렸다. 몸 안의 모든 세포가 눈앞의 적과 싸우지 말라며 경종을 울리고 있었다.

그럴 만도 했다. 미오의 압도적인 힘을 보고도 공포를 느끼지 않는 자는 지상에 존재하지 않으리라.

아니— 정확하게는, 지금 이 자리에서 목숨을 부지한 이는 미오를 제외하면 토카와 야마이 자매뿐이지만 말이다.

하늘에 존재하는 거대한 꽃에서 흩뿌려진 빛의 입자는 순식간에 주위에 있던 〈니벨코르〉와 위저드들을 차례차례 사멸시켰다.

그뿐만이 아니었다. 무기물인 〈밴더스내치〉와 DEM의 공중함마저도 분쇄됐다.

마치 물체가 지닌 수명을 순식간에 앗아간 듯한, 자연의 섭리에 반하는 기묘한 광경이었다.

아직 멀리 떨어진 곳에서는 전투가 벌어지고 있지만, 이 일대만은 태풍의 눈처럼 정적에 휩싸여 있었다.

"……."

토카는 숨을 삼켰다. 말라버린 목에서 약간의 통증이 느껴졌다.

미오. 타카미야 미오.

신이라 불리는 정령. 죽음을 흩뿌리는 여자. 그녀의 시선을 받기만 해도, 피부가 찢겨지는 듯한 착각마저 들었다.

하지만, 토카 일행은 물러설 수 없었다.

토카는, 시도를 좋아한다.

시도가 있었기에, 토카는 구원받았다. 시도가 있었기에, 토카는 변할 수 있었다. 시도가 있었기에— 토카는, 이렇게 각별한 마음을 품을 수 있었다.

만약 토카 일행이 미오를 막지 못한다면, 그 모든 것이 없었던 일이 되고 만다.

이츠카 시도라는 인간이, 이 세상에서 지워지고 마는 것이다.

그것만은 절대 용납할 수 없다.

그렇기에 토카 일행은 온몸이 부들부들 떨릴 정도의 공포를 느끼면서도, 저 무시무시한 적과 싸우려 했다.

"카구야, 유즈루. ……싸울 수 있겠느냐?"

토카가 미오를 주시하면서 그렇게 묻자, 좌우에 있던 카구야와 유즈루가 어깨를 희미하게 떨었다.

"누, 누구한테 그딴 소리를 하는 거야. 당연히 싸울 수 있지……!"

"동의. 제아무리 강대한 적일지라도, 야마이는 물러서지 않아요."

"……음."

토카는 두 사람의 믿음직한 말을 듣고 고개를 끄덕인 후, 미오를 주시하며 지면을 박찼다.

"하아아아아아아아아아아앗—!"

토카는 〈산달폰〉을 치켜들고 혼신의 힘을 다해 휘둘렀다. 검의 궤적을 따라 영력이 내뿜어져 나가더니, 질량을 지닌 충격파가 되어 미오를 덮쳤다.

"……."

하지만 미오는 그 공격을 피하지 않았다. 그저 차분한 눈길로 토카 쪽을 쳐다보기만 했다.

그러자 무시무시한 위력을 자랑하는 〈산달폰〉의 공격이 미오의 몸에 닿기 직전에 산산이 부서졌다. 마치, 미오의 주위에 보이지 않는 벽이 있는 것처럼 말이다.

"큭……!"

하지만 토카는 포기하지 않았다. 〈산달폰〉을 쥔 손에 더욱 힘을 주고 연이어 공격을 펼쳤다.

"타아아아아앗!"

날카로운 기합 소리가 울려 퍼졌다. 연이어 충격파를 날린 토카는 그대로 몸을 비틀어 그 충격파를 뒤따르듯 허공을 박차면서 미오를 향해 돌진했다.

그리고 〈산달폰〉으로 찌르기를 날리는 자세를 취한 후, 충격파와 함께 미오를 향해 칼끝을 찔러 넣었다.

하지만— 결과는 마찬가지였다.

"……미안하지만, 그 정도로는 나를 쓰러뜨릴 수 없어."

미오는 자신의 목에 닿을락 말락 하는 위치에 정지되어 있는 〈산달폰〉의 칼날을 내려다보면서 차분한 어조로 말했다.

"—."

토카는 그 선언을 듣고, 이내 씨익 웃었다.

"그래. 그렇겠지."

"……뭐?"

그 말을 듣고 의아하다는 듯이 눈을 가늘게 뜬 미오의 눈썹이 희미하게 떨렸다.

하지만 미오가 그런 반응을 보이는 것도 무리는 아니었다.

토카가 연속해서 공격을 펼치는 사이, 미오의 뒤편으로 이동한 야마이 자매가 둘이서 함께 거대한 활의 시위를 당기고 있었던 것이다.

그렇다. 야마이 자매의 〈라파엘〉, 그 최강의 일격.

카구야의 【꿰뚫는 자】와, 유즈루의 【옭아매는 자】가 합체해서 만들어진, 활과 화살.

그 이름은―.

"―〈라파엘〉!"

"호응. ―【하늘을 달리는 자】!"

카구야와 유즈루는 그렇게 외치면서 활을 쐈다.

무시무시한 풍압을 두른 거대한 원추형 화살이 주위의 건물 파편을 여파만으로 날려버리면서 미오에게 쇄도했다.

"……."

미오는 살며시 숨을 내쉬더니, 처음으로 공격을 막으려는 듯이 손을 내밀었다.

―정통으로 명중했다. 주위에 엄청난 충격파를 흩뿌리며, 마치 카펫을 들어 올린 것처럼 포장도로가 벗겨져 나갔다. 주위에 있던 온갖 물질이 산탄처럼 튕겨져 날아가 자기들끼

리 부딪치며 산산이 부서졌다.

하지만, 그렇게까지 했는데도 미오의 장벽은 파괴되지 않았다. 대형 허리케인을 연상케 하는 폭풍의 한가운데에 있으면서도, 미오는 머리카락 한 올 흩날리지 않으며 그 일격을 막아낸 것이다.

"……멋진 기습이야. 하지만―."

순간, 미오는 말을 멈췄다.

아마 눈치챈 것이리라.

토카의 집요한 공격은, 야마이 자매의【엘 카나프】에 미오의 주의가 쏠리는 것을 막기 위한 미끼였다.

하지만, 그【엘 카나프】조차도, 진짜 공격을 숨기기 위한 미끼에 지나지 않았다.

"〈산달폰〉―【최후의 검^{할반 헤레브}】!"

토카가 고함치듯 그 이름을 외친 순간, 거대하기 그지없는 검이 하늘을 향해 우뚝 솟았다.

그렇다. 토카는 미오가 자신에게서 시선을 뗀 그 한순간 동안, 옥좌를 소환해 〈산달폰〉의 칼날에 두른 것이다.

사전모의 같은 것은 전혀 하지 않았다.

미리 타이밍을 정해두지도 않았고, 특별한 훈련을 하지도 않았다.

하지만, 토카는 확신할 수 있었다.

몇 번이나 죽을 고비를 함께 넘겼던 야마이 자매라면, 분명 이 결론에 도달할 거라고······!

"오오오오오오오오오오오오오오오—!"

토카는 목청껏 고함을 지르면서 미오를 향해 그 거대한 검을 휘둘렀다.

하늘이 갈라지고,

지면이 흔들리며,

—세계가, 요동쳤다.

압도적인 힘을 지닌 파괴의 검이, 바람의 활을 막아내고 있는 미오의 등에 꽂혔다.

확실히 미오가 몸에 두른 장벽은 견고했다. 웬만한 공격으로는 흠집조차 낼 수 없을 것이다.

하지만, 〈산달폰〉과 〈라파엘〉, 두 천사가 지닌 최강의 공격이 두 방향에서 동시에 꽂힌다면—!

"꺼져······버려어어어어어어엇!"

"관······통······! 쓰러지세요······!"

"하아아아아아아아아아아아아아아아아아아아아아아앗!"

카구야, 유즈루, 토카의 절규가 휘몰아치는 태풍 속에서 울려 퍼졌다.

"—아아아······."

그 후, 혼신의 힘을 다한 일격을 날린 토카는 그대로 지면에 쓰러졌다.

거대한 【할반 헤레브】는 분해되어 그 핵심인 〈산달폰〉만을 남기고 공기 중에 녹아들듯 사라졌다.

"으, 큭……."

공격의 반동 탓인지 온몸에서 통증이 느껴졌다. 토카는 희미하게 손발이 떨리는 와중에도 〈산달폰〉을 지팡이 삼아 몸을 일으켰다.

주위에 피어오른 짙은 흙먼지가 서서히 걷히고 있었다. 토카와 야마이 자매의 쌍방향 공격에 의해 동그랗게 파인 지면이 모습을 드러냈다.

하지만— 미오는 그곳에 없었다.

"……윽!"

토카는 눈을 치켜뜨고 주위를 빈틈없이 살폈다.

평범한 위저드가 상대였다면, 방금 그 공격에 티끌 하나 남기지 못한 채 소멸되고 말았을 것이다.

하지만 상대는 시원의 정령, 타카미야 미오다. 그녀의 주위에 존재하는 장벽을 박살낼 생각으로 공격하기는 했지만, 방금 일격에 승부가 갈렸을 거라 생각할 정도로 토카는 낙천가가 아니었다.

공격을 피한 것일까. 아니면 토카의 의도대로 장벽이 파괴되었기 때문에 모습을 감춘 것일까—.

그렇게 생각한 다음 순간—.

"……윽!"

시야 끝에 잡힌 **그 광경**에 토카는 숨을 삼켰다.

그리고, 절규를 토했다.

"카구야! 네 뒤편이다!"

그렇다. 카구야의 수십 미터 뒤편에, 상처 하나 없는 미오가 서 있었던 것이다.

"어—?"

카구야가 토카의 목소리를 들은 건지 미간을 살짝 찌푸렸다.

하지만— 늦었다.

카구야가 뒤를 돌아보려고 한 순간, 미오의 영장에서 뻗어 나온 촉수 같은 것이 그녀의 가슴을 꿰뚫었다.

"아— 어…… 윽—?"

카구야가 멍하니 눈을 뜨고, 자신의 가슴을 쳐다보았다.

옷의 일부 같아 보이는 얇고 부드러운 빛의 띠— 그 얇은 천이 카구야의 몸을 꿰뚫고 끝 부분을 드러냈다.

아니…… 정확하게는 꿰뚫었다기보다 통과했다는 표현이 적절할지도 모른다. 카구야의 가슴에서는 피가 한 방울도 흘러나오지 않았다.

하지만, 그 천의 끝에는…….

오렌지색 빛을 희미하게 내뿜고 있는 결정의 파편이 띠에 휘감긴 형태로 떠 있었다.

"아니……."

그 광경을 본 토카의 얼굴이 경악으로 물들었다.

—세피라. 정령이 지닌 힘의 원천.

틀림없다. 코토리와 미쿠에게서 들었던 그것이, 카구야의 몸에서 순식간에 뽑혀 나온 것이다.

"……."

미오가 조그마한 손을 들어올렸다. 그러자 카구야의 가슴을 꿰뚫은 천이 순식간에 미오의 곁으로 되돌아갔다.

물론, 그 끝에 휘감겨 있는 세피라와 함께 말이다.

"커……억……."

그 천에서 해방된 카구야는 고통 섞인 신음을 흘리며 그대로 무너지듯 주저앉았다. 그리고 그에 맞춘 것처럼 그녀가 걸친 한정 영장이 빛의 입자가 되어 사라졌다.

"……! 카구야!"

카구야의 옆에 있던 유즈루가 지면에 쓰러지려 하는 카구야를 부축했다.

"유—즈—."

카구야는 유즈루에게 안긴 채 힘겹게 말을 이었지만—.

이윽고 그녀의 온몸에서 힘이 빠져나가더니, 그 후로는 아무 말도 하지 못했다.

"카구야……? 카구야! 정신 차려요, 카구야……!"

유즈루가 필사적으로 카구야의 어깨를 흔들었다. 하지만 카구야는 축 늘어진 채 아무런 반응을 보이지 않았다.

유즈루는 믿기지 않는다는 표정으로 카구야의 가슴에 귀를 대더니— 작게, 아주 작게 숨을 삼켰다.

"카구, 야⋯⋯."

바로 그때, 미오가 담담한 목소리로 입을 열었다.

"⋯⋯이곳은 이미 〈아인 소프 오르〉에 지배되고 있어. 영력도, 마력도 없는 이가 목숨을 부지할 수 있는 공간이 아냐."

"—."

그 말을 들은 순간⋯⋯.

유즈루의 몸이, 흔들렸다.

"⋯⋯윽!"

다음 순간, 토카는 눈치챘다.

유즈루는 그 자리에서 쓰러지거나, 카구야를 부둥켜안는 게 아니라— 토카의 눈에 보이지 않을 정도의 속도로 미오에게 덤벼든 것이다.

"—아아아아아아아아아아아아아아아아아아아아아아아아아아아아아아아악!"

평소의 유즈루라면 절대 지르지 않을 듯한 짐승 같은 포효가 그녀의 입에서 터져 나왔다.

유즈루는 왼손에 쥔 펜듈럼에 바람을 두르고 미오를 향해 그대로 날렸다.

"⋯⋯큭! 멈춰라, 유즈루! 빨리 도망—!"

토카가 뒤늦게 외쳤다.

하지만 그때는 이미, 미오가 날린 빛의 띠가 나선을 그리 듯 움직이며 펜듈럼을 휘감더니ㅡ.

"크ㅡ 아…… 앗……?!"

그 띠의 끝이, 유즈루의 가슴에 꽂혔다.

"유즈루!"

토카가 이름을 부르자, 유즈루는 그녀를 향해 고개를 돌렸다.

"사……죄……, 죄송……해요, 토……카……, 카, 구야…….."

그리고 힘없는 목소리로 그렇게 말한 후, 그대로 쓰러졌다.

아까 전의 카구야와 마찬가지로, 그녀가 걸친 영장이 빛에 녹아들 듯 사라졌다.

"자……."

미오는 빛의 띠를 조작해 유즈루에게서 빼앗은 것으로 보이는 세피라의 파편을 회수했다.

그리고 이미 손에 쥐고 있던 카구야의 것과 합쳐서 하나의 결정으로 만든 후, 그것을 자신의 가슴에 댔다.

그러자 세피라는 찬란한 빛을 내뿜으며 미오의 몸에 빨려들어갔다.

결정이 완전히 모습을 감추자, 미오의 등 뒤에 있던 열 개의 별 중 하나가 희미한 빛을 뿜기 시작했다.

"……이걸로, 두 개."

"윽ㅡ, 미오, 네 녀석……!"

토카는 어금니를 악물고 온몸에서 느껴지는 고통과 엄청난 피로로 무시하며 몸을 일으켰다.

너무나도 허무하게— 카구야와 유즈루가, 목숨을 잃었다.

현실감이 눈곱만큼도 없는 광경이었다. 두 사람의 몸에는 상처 하나 없었으며, 언뜻 보기에는 그저 잠들어 있는 것처럼 보였다.

하지만, 방금까지 두 사람에게서 느껴지던 영력의 파동이 지금 대치하고 있는 적의 몸에서 흘러나오고 있었다.

"……윽!"

말로 형용할 수 없는 분노가, 슬픔이, 절망이, 토카의 마음속에서 소용돌이쳤다.

하지만, 이 감정에 삼켜져서는 안 된다. 토카는 마음속에서 불타오르고 있는 격렬한 감정을 억누르려는 듯이 가늘게 숨을 내쉬었다.

이성을 잃은 채로 싸워서 이길 수 있는 상대라면, 토카는 얼마든지 이성을 내팽개쳤을 것이다. 하지만 지금 필요한 것은 바로 냉정함이다.

야마이 자매를 죽인 미오를 향한 분노를 잊는 것도, 무시하는 것도 아니라, 그것을 인정하고 침착한 사고능력을 유지해야 한다.

그러자 다음 순간, 토카의 몸이 점점 열기를 띄기 시작했다. 그렇다. 마치 완전한 영장이 현현될 때의—

"……그건, 안 돼."

하지만 미오가 그렇게 말하면서 눈을 가늘게 뜬 순간, 토카의 몸을 뜨겁게 만들던 영력의 흐름이 잦아들었다.

"앗……?!"

"……영력이 완전히 역류되면 신이 다시 봉인을 해야 하거든. 미안하지만, 일시적으로 파이프를 좁혀놨어."

그렇게 말한 미오가 천천히 손을 들어올렸다.

"……너는 좀 성가시니까, 나중에 처리하고 싶지만—."

그 동작에 맞춰 미오를 휘감고 있던 빛의 띠가 뱀처럼 그 끝을 치켜들었다.

"……이걸로 끝이야."

미오가 말을 맺은 순간, 빛의 띠가 일제히 토카를 덮쳤다.

"큭—!"

토카는 얼굴을 찡그리면서 〈산달폰〉으로 빛의 띠를 벴다.

아니— 베려 했다.

하지만 빛의 띠는 보기와 다르게 엄청 질길 뿐만 아니라 무시무시한 강도를 자랑했다. 〈산달폰〉의 일격을 맞고도 진로를 약간만 바꿨을 뿐, 다시 토카를 향해 밀려왔다.

"—윽!"

토카는 몸을 비틀면서 다시 빛의 띠를 베려했지만 자세가 무너진 탓에 한발 늦고 말았다.

미오로서는 그 정도 틈만 있으면 토카를 충분히 쓰러뜨릴 수 있는 것 같았다. 빛의 띠가 토카의 가슴을 향해 일직선으로 날아들었다.

하지만—.

"아닛……?!"

다음 순간, 토카는 눈을 동그랗게 떴다.

느닷없이 누군가가 자신을 잡아당기는 듯한 느낌이 들면서 눈앞이 깜깜해진다면, 그 누구라도 비슷한 반응을 보일 것이다.

잠시 후, 토카의 시야가 다시 밝아졌다.

"음……? 이, 이건……."

토카는 묘한 위화감을 느끼면서 눈을 깜빡였다.

주위에 펼쳐져 있는 것은 아까 전과 똑같은 전장이었다. 눈앞에는 미오가 있었고, 하늘에는 〈아인 소프 오르〉가 떠 있었다. 그리고 지면에는 카구야와 유즈루가 쓰러져 있었다.

하지만 그 모든 것이 눈앞이 깜깜해지기 전보다 먼 곳에 있는 것처럼 느껴졌다. 실제로 방금 토카를 향해 쇄도하던 빛의 띠가 지금은 꽤 떨어진 곳에 있었다.

"음…… 토카, 괜찮느냐?"

토카는 자신의 뒤편에서 들려오는 목소리에 눈을 동그랗게 떴다.

"앗! 무쿠로!"

그렇다. 열쇠처럼 생긴 석장을 쥔 무쿠로가 어느새 토카의 곁에 서 있었다.

그리고 토카가 빛의 띠에 꿰뚫리려는 순간, 무쿠로가 공간에 『구멍』을 만들어서 그녀를 구했다는 사실을 깨달았다.

"토카 씨, 괜찮으세요……?!"

그 뒤를 이어 오리가미와 요시노, 그리고 마나가 토카의 곁에 착지했다.

아무래도 심상치 않은 일이 벌어졌다는 사실을 알고 이곳으로 와준 것 같았다.

"토카, 카구야와 유즈루는……."

순백색 복장을 혈흔으로 물들인 오리가미가 쓰러져 있는 두 사람을 쳐다보면서 조용히 물었다.

"……"

토카는 어금니를 악물고, 아무 말 없이 고개를 저었다.

"……그래."

오리가미의 반응은 무미건조했다. 짤막한 한 마디와 작은 한숨. 표정 또한 거의 변화가 없었다.

하지만― 알 수 있었다. 오리가미의 얼굴을 본 토카는 입을 꾹 다물었다.

토카는 오랫동안 오리가미와 알고 지냈고, 또한 몇 번이나 싸운 적이 있다. 그렇기에 그녀는 오리가미의 저 냉정한 얼굴의 이면에서 타오르고 있는 분노를 느낄 수 있었다.

물론 오리가미만 그런 것이 아니었다. 요시노도, 무쿠로도, 그리고 마나도, 제각각 다른 반응을 보이면서도 눈앞에 있는 미오를 향해 적의를 드러내고 있었다.

"쟤가 시원의 정령이란 녀석인가요? 흥, 분위기 한번 되게 짜증나네요."

마나는 미오를 노려보면서 독설을 내뱉는 듯한 어조로 그렇게 말했다.

그러자 미오가 마나를 바라보면서 툭 중얼거리듯 말했다.

"……오랜만이야, 마나."

"……뭐라고요?"

마나는 인상을 찡그리며 그렇게 대꾸했지만 미오는 개의치 않고 말을 이었다.

"……나는 지금 세피라를 회수해야만 해. 너까지 목숨을 잃을 필요는 없으니까, 잠시만 물러나 있어."

그리고 그렇게 말하면서 마나에게 대피할 것을 권했다.

하지만 마나가 그 말에 순순히 따를 리가 없었다. 오히려 적이 자신의 안위를 걱정해줬다는 사실이 불쾌한지 인상을 찡그렸다.

미오는 그 모습을 보고 작게 한숨을 내쉬었다.

"……성격은 예전과 변함없어 보이네. 어쩔 수 없지. 너무 시간을 끌다간 일을 마치기 전에 신이 돌아올 테니, 빨리 마무리를 지어야겠어."

미오는 그렇게 말한 후— 〈아인 소프 오르〉를 현현시켰을 때처럼 손을 치켜들었다.

◇

"늦으면— 안 돼……!"

시도는 온몸에 바람을 두른 채, 폐허로 변한 텐구시를 맹렬한 속도로 나아갔다.

아직 상공에서는 〈라타토스크〉와 DEM의 공중함 및 위저드들이 전투를 벌이고 있었다. 가능한 한 눈에 띄지 않도록 지상으로 이동하고 있지만, 때때로 날아온 오발탄이 시도의 주위에서 폭발했다.

셸터에서 탈출할 때 사용한 〈미카엘〉을 이용하면 더 빨리 목적지에 도착할 수 있을지도 모른다. 실제로 무쿠로는 봉인되기 전까지 열쇠로 공간에 『구멍』을 만들어서 장거리를 단숨에 이동했다.

하지만 그만큼 실패했을 때의 위험부담이 큰 능력이기도 했다. 시도가 무쿠로의 영력을 봉인한 것은 극히 최근의 일이다. 게다가 〈미카엘〉을 이용한 장거리 이동을 실험해 본적도 없다. 진짜로 원하는 장소에 출구를 만들 수 있을 거라는 확신이 들지 않았다.

만약 전혀 상관없는 장소로 이동하게 된다면, 괜히 시간만 낭비하게 된다. 한시를 다투는 지금 상황에서 그것은 치명적일 수도 있다.

그래서— 시도는 〈라파엘〉을 선택했다.

학교 지하의 셸터와 미오가 있는 곳은 한참 떨어져 있다. 하지만 그것은 인간이 자기 발로 이동한다는 가정하에서다.

바람을 조종하는 가장 빠른 천사. 그 힘을 이용해 지상을 달리고 있는 시도에게 있어, 이 정도 거리는 아무 것도 아니었다.

"……윽?!"

바로 그때, 토카 일행이 있는 곳을 향해 나아가던 시도는 갑자기 자신에게 엄습한 위화감을 느끼고 미간을 찌푸렸다. 한순간 집중력이 흐트러지더니 속도가 떨어졌다.

"뭐가…… 어떻게 된, 거야……."

시도는 얼굴을 찡그리면서 가슴에 손을 대고 숨을 가다듬었다.

오발탄에 맞은 것은 아니다. 천사를 과도하게 쓴 바람에 반동이 발생한 것도 아니다. 그의 몸에는— 아무 일도 일어나지 않았다.

하지만, 분명 무슨 일이 일어났다. 그렇다. 말로 표현하자면, 시도의 몸을 감싸고 있던 〈라파엘〉의 바람이 한순간 떨린 듯한 느낌이었다.

"카구야…… 유즈루……?"

불길한 예감을 느낀 시도가 목소리를 쥐어짜냈다. 그는

숨을 삼킨 후, 다시 지면을 박차고 폐허로 변한 마을을 내달리려 했다.

하지만 바로 그때, 시도를 못 가게 막으려는 듯이 그의 앞에서 폭발이 발생했다.

"큭……?!"

한순간 오발탄이 지상에 떨어진 것이라 생각했지만─ 그렇지 않았다. 그것은 분명 시도를 노린 공격이었다.

그리고 무엇보다, 시도는 똑똑히 봤다. 방금 폭발이 일어나기 직전, 종이 몇 장이 허공에 휘날리는 광경을 말이다.

"─〈니벨코르〉……!"

시도는 그 이름을 외치며 경계 태세를 취했다.

그러자 연기를 가르듯 종이가 사방에 흩날리더니, 그 안에서 똑같은 외모를 지닌 소녀들이 모습을 드러냈다.

"여기 있었구나, 이츠카 시도."

"아까 네가 한 짓에 답례를 하러 왔어~."

아까까지만 해도 장난스러운 태도를 취하던 〈니벨코르〉는 증오에 찬 눈길로 시도를 노려보며 그렇게 말했다.

하지만 그것도 당연했다. 〈니벨코르〉는 시도의 키스 폭풍에 의해 그 숫자가 대폭 줄어들었으니까 말이다.

"큭……."

시도는 이를 악물었다. 그는 한시라도 빨리 토카 일행이 있는 곳으로 가야만 한다. 그런데 최악의 타이밍에 성가신 상대와 마주치고 말았다.

하지만 상대가 그것을 눈치채게 해서는 안 된다. 시도는 표정을 푼 후, 〈니벨코르〉를 향해 미소를 지었다.

"─우리 아기 고양이, 그렇게 내가 보고 싶었어? 정말 못 말리는 애라니깐."

"""히익~!"""

시도의 말에 〈니벨코르〉들은 겁먹은 것처럼 숨을 삼켰다. ……지극히 예상대로라고나 할까, 이런 반응을 노리고 한 말이지만, 귀여운 소녀의 모습을 한 〈니벨코르〉가 그런 반응을 보이자, 뭐랄까…… 약간 충격적이었다.

하지만 말 한 마디로 상대보다 우위에 선 것은 나쁘지 않다. 이대로 〈니벨코르〉가 시도를 두려워하며 퇴각한다면 가장 좋겠지만─.

"─진정해, 〈니벨코르〉."

바로 그때, 시도의 생각을 방해하듯 누군가의 목소리가 들렸다.

"아니……."

시도는 무심코 미간을 찌푸렸다. ─그 목소리가 귀에 익었기 때문이다.

작년 9월, DEM 일본지사.

그리고 올해 1월, 〈라타토스크〉의 기지에서 들었던 목소리였다.

시도의 예감을 긍정하듯, 폐허 뒤편에서 한 남자가 걸어 나왔다.

탁한 애시블론드빛 머리카락과 녹슨 금속 같은 색깔을 띤 두 눈. 몸에 두른 기묘한 분위기는 정령과 대치했을 때, 그리고 위저드와 대치했을 때와는 전혀 다른 불안감을 시도에게 안겨줬다.

그렇다. DEM인더스트리 상무이사이자, 이 싸움의 기점.

정령을 둘러싼 다툼을 일으킨 장본인.

"자, 이츠카 시도. 이쯤에서 결정하도록 할까. ─누가 더 정령의 힘을 손에 넣기에 걸맞은지를 말이야."

아이작 웨스트코트가 양손을 펼치며 그렇게 말했다.

단장(斷章)/3 School

"하아……."

아침, 교실.

타카미야 신지는 책상에서 턱을 괸 채, 몇 번이나 한숨을 내쉬었다.

공간이 도려내진 듯한 정체불명의 재해— 공간진이 이 마을에서 일어나고 약 2주가 흘렀다. 신지가 다니는 고등학교는 기적적으로 피해를 입지 않았기에, 며칠 전부터 다시 수업이 재개됐다.

대규모 재해가 일어났을 경우, 인근 학교는 피난장소로 쓰이는 경우가 많다. 하지만 일전의 재해 때는 피해를 입은 주민들이 마을과 함께 소멸되었기 때문에 재해규모에 비해 피난민이 극도로 적었다.

하지만 교실 안의 풍경은 재해 이전과 똑같지는 않았다.

조화가 놓여 있는 책상이 한두 개가 아니었으며, 피해는 모면했지만 아직 정신적 충격에서 벗어나지 못한 이도 있었다. 그 중에는 공간진이 재발할 것을 두려워해 다른 지역으로 이사를 간 자도 있다고 한다.

신지의 한숨이 그런 일들과 전혀 관련이 없다면 거짓말이리라.

얼마 전까지 평범하게 이야기를 나눴던 클래스메이트가 느닷없이 사라졌다는 사실이 적지 않게 슬펐으며, 자신들의 앞날에 대한 불안 또한 당연히 느끼고 있었다.

하지만 인간의 적응력이라는 것은 무시무시했다. 신지를 비롯해 남은 학생들은 지금 환경에 점점 익숙해지고 있었던 것이다.

처음에는 친구가 죽었다는 사실을 알고 눈물 흘리는 이도 많았지만, 그들이 없는 학교에서 보내는 나날을 반복하다 보니, 남은 이들의 얼굴에 점점 미소가 되돌아왔다.

불가사의하고, 일정하지 않으며, 또한 불확실한 비일상의 잔재 속에서, 소년소녀들은 어떻게든 앞으로 나아가기 위해 산산조각난 일상의 단편을 주워 모으고 있었다.

"……하아."

하지만 신지가 토한 한숨에는 또 다른 의미가 담겨 있었다.

"타카미야 군은 오늘 한숨을 자주 쉬네."

"……응?"

신지가 몇 번째인지 생각도 나지 않는 한숨을 내쉬었을 때, 느닷없이 그런 목소리가 들려왔다.

목소리가 들린 방향을 향해 고개를 돌려보니, 안경을 낀 온화한 인상의 소년이 눈에 들어왔다. 신지는 「아」 하고 짤막하게 대답하면서 고개를 들었다.

"좋은 아침이야, 이츠카."

"응, 좋은 아침."

신지의 친구인 이츠카 타츠오가 빙긋 웃으면서 그렇게 말한 후, 고개를 갸웃거렸다.

"그런데 왜 그러는 거야? 무슨 걱정거리라도 있어?"

"으음…….뭐, 비슷해."

신지는 쓴웃음을 지으면서 대충 얼버무렸다.

"흐음……."

그러자 타츠오는 신지의 얼굴을 지그시 쳐다본 후, 불쑥 이렇게 말했다.

"……혹시, 좋아하는 애라도 생겼어?"

"―푸우웁!"

갑작스러운 질문에 신지는 사레가 들렸다. 깜짝 놀란 클래스메이트들이 무슨 일인가 싶어 신지 쪽을 쳐다보았다.

"이, 인마……. 뜬금없이 무슨 소리를 하는 거야?"

"어라? 혹시 정곡을 찔린 거야? 나도 감이 꽤 좋은 편인걸?"

"……."

타츠오가 그렇게 말하자, 신지는 볼을 붉히면서 고개를 돌렸다.

……부끄럽지만, 사실이었다. 어제 미오에게 데이트 신청을 한 후로, 미오의 얼굴이 계속 머릿속에 어른거리는 바람에 다른 일이 손에 잡히지 않았다.

"헤이헤이헤이~."

"재미있는 이야기를 하는 것 같네~?"

"우리도 좀 끼워줘~."

바로 그때, 두 사람의 대화를 들었는지 여학생 세 명이 다가왔다. 신지네 반의 사이좋은 3인조, 아코, 마코, 미코였다.

"무, 무슨 소리를 하는 거야? 진짜 아무 일도 아니라고."

"히히~. 나리, 실은 똑똑히 들었습지요."

"설마 이성에게 눈곱만큼도 관심이 없는 것 같던 타카미야 군에게 봄이 찾아올 줄이야~."

"그래서, 상대는 어떤 애야? 자, 말해봐. 빨리 말해보란 말이야~."

"어, 어이……."

바로 그때였다.

"―신."

신지가 세 사람에게 추궁을 당하고 있을 때, 교실 입구 쪽에서 맑은 목소리가 들려왔다.

"어……?"

목소리가 들려온 곳을 향해 고개를 돌린 신지는 눈을 크게 떴다.

아니, 신지만이 아니었다. 교실 입구 쪽에 서 있는 소녀를 본 모든 클래스메이트들이 얼이 나간 표정으로 그녀에게서 눈을 떼지 못했다.

하지만 그것도 무리는 아니었다. 그만큼 아름다운 소녀였던 것이다.

"미, 미오······?"

신지는 경악에 찬 표정을 지으면서 소녀의 이름을 입에 담았다.

그러자 미오는 기쁜지 환한 표정을 지었다. 그리고 자신이 남들의 주목을 받고 있다는 것을 눈치채지 못한 건지, 아니면 개의치 않는 건지, 가벼운 발걸음으로 신지의 곁으로 다가왔다.

"왜, 왜 이런 곳에······."

"이걸 두고 갔지? 자, 받아."

신지가 식은땀을 흘리면서 그렇게 묻자, 미오는 손에 들고 있던 가방 안에서 도시락 꾸러미를 꺼내 책상 위에 내려놓았다.

"아······."

신지는 그것을 보고 자신의 가방을 뒤져보았다. ······미오 생각으로 머릿속이 가득 찬 탓일까, 집을 나설 때 챙긴 줄 알았던 도시락이 가방 안에 없었다.

"고마워…… 잘 먹을게."

"후후…… 신에게 도움이 되었네."

미오는 진심으로 기뻐하는 듯한 어조로 그렇게 말하더니, 가볍게 손을 흔들었다.

"그럼 나는 이만 가볼게."

"으, 응."

신지가 그렇게 대답하자, 미오는 고개를 끄덕이면서 돌아섰다.

하지만 걸음을 내딛기 직전, 뭔가가 생각났는지 다시 신지를 돌아보았다.

"―데이트, 기대하고 있을게. 신도 기대해줘."

그리고 그렇게 말한 미오는 빙긋 웃었다.

"……윽!"

그 모습이 너무 귀여워 신지는 무심코 숨을 삼켰다.

"그, 그래…… 알았어."

"응. 그럼 나중에 봐, 신."

신지가 겨우 숨을 가다듬으면서 그렇게 대답하자, 미오는 손을 흔들면서 돌아갔다.

""""……"""

교실에는 잠시 침묵이 흘렀다.

"……으음."

몇 초 후에 불어 닥칠 폭풍을 예감한 신지는 클래스메이트들의 말문이 막힌 틈에 교실 밖으로 나가려 했다.

　하지만— 한발 늦고 말았다. 신지가 이 자리를 벗어나려고 한 순간, 목덜미를 잡힌 그는 반강제적으로 자리에 앉혀지고 말았다.

　"저, 저기! 타카미야 군, 방금 그 미소녀는 대체 누구야?!"

　"혹시 아까 걔가 타카미야 군의 애인이야?!"

　"타카미야 군한테 저런 미인 걸프렌드가 있다는 소리는 들은 적 없거든?!"

　"이야~. 타카미야 군도 꽤 하는걸."

　……등등.

　조례가 시작될 때까지, 신지는 클래스메이트들에게 취조 아닌 취조를 당하고 말았다.

제3장 세계수의 잎은 떨어지고

아이작 웨스트코트가 자신은 다른 인간들과 다르다는 사실을 깨달은 것은 철이 들고 얼마 지나지 않았을 즈음이었다.

웨스트코트는 총명한 소년이었다. 신동, 천재라 해도 과언이 아닐 정도로 말이다.

메이거스 혈통이 이어져 내려오는 외딴 마을에서도 뛰어난 재능을 발휘했고, 동년배인 그 누구보다도— 아니, 때로는 어른들보다도 정교하게 마나를 컨트롤할 수 있었다. 그에게 버금가는 이는 스승이나 마을의 장로들, 그리고 그의 라이벌을 자칭하던 엘리엇 정도였다.

그뿐만이 아니다. 어학, 수학, 운동— 그 모든 면에서 웨스트코트는 비범한 성적을 남겼다.

하지만 그것은 정도의 차이에 지나지 않는다.

매사에 있어서 요령을 파악하는 데 능숙한가, 능숙하지 않은가.

그저 그뿐이다. 적어도 웨스트코트는 그런 면에 있어서 자신이 남들과 다르다고 생각하지 않았다.

아무리 앞서나가고 있을지라도 같은 길 위에 있다면 언젠가는 따라잡힐 수도 있으며, 그 반대의 경우도 일어날 것이다.

하지만 웨스트코트는 깨달았다. 자신이 서 있는 장소가, 다른 이들과 얽힐 리가 없는 위치라는 사실을 말이다.

그것을 처음으로 깨닫게 된 계기는 무엇이었을까— 그것은 웨스트코트의 집에서 기르던 개가 죽었을 때였다.

웨스트코트가 태어나기 이전부터 집에서 기르던 그 개는 그에게 있어 태어날 때부터 곁에 있어준 친구였다.

그런 개가 죽었을 때, 웨스트코트는 물론 슬퍼했다. 그는 아직 어렸지만, 생물의 죽음을 이해할 수 있을 만큼 조숙했다.

하지만— 웨스트코트는 마음속으로 기묘한 흥분을 느꼈다.

슬퍼하는 부모님의 얼굴을 보며, 동정하는 친구들의 얼굴을 보며, 죽은 개의 유해를 보며, 그리고— 자신에게 엄습한 비애를 감지하며 말이다.

남들이 비정상적이라거나 비도덕적이라 칭할 법한 희열을, 웨스트코트는 느끼고 말았다.

태어날 때부터 그랬던 것인지, 자라온 환경에 의해 그렇게 된 것인지는 알 수 없다. 하지만 그것은 명백한 차이이자,

생물로서의 결함이었다.

하지만 웨스트코트는 그 점을 겉으로 드러내지 않았다. 그는 그것이 남들과 다른 감정이라는 점을 눈치챌 수 있을 만큼 총명했고, 그 점이 남에게 알려졌을 때 발생하는 불이익을 이해할 만큼 현명했다.

남들과 다르다는 점은 미덕이기도 하지만, 기본적으로는 기피의 대상이 되기 때문이다.

인간은 자신과 다른 자를 두려워한다. 미지에 공포를 느낀다. 그리고 공포는 광기를 낳으며, 광기는 다툼을 낳는다.

그래서 메이거스의 후예들은 사람들의 눈을 피해 이런 산간의 촌락에서 숨어 살고 있는 것이다.

어릴 적부터 그렇게 배운 웨스트코트는 메이거스가 인간들로부터 숨어 지내듯, 남들로부터 자신의 마음을 감추기로 결심했다.

그리고 다행인지 불행인지, 웨스트코트는 어린아이인데도 자신의 감정을 감추는 게 능숙했다.

그래서 웨스트코트가 애견이 죽은 후에 새로운 개를 기르고 싶다고 말했을 때도 부모님은 흔쾌히 승낙했다.

설마 아들이 애견을 잃은 슬픔을 잊기 위한 것도, 새로운 친구를 만들고 싶은 것도 아니라— 개를 기르면 언젠가 개가 죽는 모습을 또 볼 수 있을 거라는 생각을 하고 있을 줄은 꿈에도 생각 못했으리라.

그렇게 웨스트코트는 그 누구의 의심도 사지 않으며 하루 하루를 살아갔다.

  엄격하지만 자상한 부모님, 존경해 마지않는 스승, 그리고 함께 배우며 실력을 갈고닦는 친구들 사이에서, 그는 서서히 성장했다.

  그런 웨스트코트에게 불행이 찾아온 것은 그가 막 열 살이 되었을 즈음이었다.

  옛날부터 몸이 약했던 모친이 폐병으로 숨을 거둔 것이다.

  인지(人智)를 초월한 마술사가 모여 사는 마을이라고 해도, 죽은 자를 되살릴 수 있을 리가 없다. 마을 사람들은 웨스트코트의 어머니를 애도하며 명복을 빌었다.

  그들은 젊은 나이에 반려를 잃은 웨스트코트의 아버지를 불쌍히 여겼으리라.

  그리고 아버지의 곁에서 눈물을 참으며 고개를 숙이고 있는 웨스트코트의 모습을 보며 가슴 아파했으리라.

  그런 그들의 생각은 틀리지 않았다.

  자신을 낳고 길러준 어머니의 죽음 앞에, 웨스트코트는 상상을 초월하는 슬픔과 상실감을 느꼈다.

  하지만— 그와 동시에 웨스트코트는, 자신의 인생 최대의 기쁨을 맛보고 있었다.

너무나도 슬퍼서 견딜 수가 없었다. 금방이라도 눈물이 흘러나올 것만 같았다. 분명 아버지와 마을 사람들도 그렇게 생각하고 있으리라. 이곳은 비애와 절망으로 가득 차 있었다.

아아— 너무나도, 기분이 좋다.

웨스트코트는 땅에 묻히는 어머니를 보면서, 생애 처음으로 절정을 느꼈다.

—그리고 약 1년 후.

언덕 위에서 불길에 휩싸인 마을을 바라볼 때도, 웨스트코트의 마음속에서는 옆에 있는 세 사람과는 다른 감정이 소용돌이치고 있었다.

분노. 비애. 절망. 온갖 부정적인 감정과 함께, 그는 기쁨을 느끼고 있었다.

아니— 그것은 지금까지 웨스트코트가 느낀 희열과도 전혀 다른 감정이었다.

왜냐하면, 그는 알고 만 것이다.

—아아, 그래. **이래도** 되는구나.

웨스트코트는 자신이 타인과 다르다는 사실을 자각하고 있었다. 자신의 감각이 비정상적이라는 사실을 이해하고 있었다.

그렇기 때문에 공동체 안에서 고립되지 않도록, 그 감정을 숨긴 채 살아왔다. 절망을 기쁨으로 받아들이면서도, 직접 무언가를 해하려 하지 않았다. 개가 죽기를 바라며 기르기는 했어도, 그 개를 직접 죽일 생각은 하지 않았다.

하지만 이 순간, 웨스트코트의 세계는 변했다.

인간들은 메이거스에게 송곳니를 드러냈다. 아마, 그 미지의 힘을 두려워했으리라.

그렇다면— 웨스트코트 일행이 **똑같은 짓**을 해선 안 될 이유 또한 없을 것이다.

엘리엇은 분노에 떨고 있었다.

엘렌은 울고 있었다.

카렌은 목소리를 죽이고 있었다.

제각기 반응은 다르지만, 다들 인간을 향한 복수심을 드러내고 있었다.

그것은 일종의 패러다임 전환이라 할 수 있었다.

비정상적인 남자의 비정상적인 감각은, 일그러진 세계에서 정상적인 복수심이 되었다.

이렇게 되었으니 어쩔 수 없으리라. 지금이라면, 엘리엇을 비롯한 다른 이들도 협력해줄 것이다.

절망과 분노 속에서, 웨스트코트는 몰래 환희를 느꼈다.

용서 못해. 절대 용서 못해.

—나에게 보복할 기회를 줘서 고마워.

감히 우리 마을을, 동포들을 해하다니……

―나에게 살육을 저지를 대의명분을 줘서 고마워.

복수할 거야.

―나에게 복수할 이유를 줘서 고마워.

세계를, 뜯어고치겠어.

―나를 피해자로 만들어 줘서, 고마워.

◇

"……."

볼을 타고 흐르는 땀이 입술에 닿자, 짠맛이 느껴졌다.

시도는 자세를 낮추고, 눈동자만을 움직이며 주위를 빈틈없이 살폈다.

그의 주위에는 종잇조각을 쥔 수많은 〈니벨코르〉가 있었다.

그리고 그들의 중심에는― 어둠을 의인화시킨 듯한 남자가 조용히 서 있었다.

Sir. 아이작 레이 펠럼 웨스트코트.

DEM인더스트리의 수괴이자, 〈라타토스크〉에게 있어 불구대천의 원수. 그리고― 30년 전에 우드먼, 엘렌 등과 함께 『정령』을 탄생시킨, 이 싸움의 원흉이다.

아니― 하나 더 있다.

시도는 분노에 찬 눈길로 웨스트코트의 얼굴을 노려보았다.

『신』의 기억을 되찾은 시도에게 있어, 저 남자는 자신을 죽이고, 마나를 납치한, 증오해 마지않는 대상인 것이다.

"흐음?"

그런 시도를 본 웨스트코트의 눈썹 끝이 희미하게 떨렸다.

"예전과 분위기가 달라진 것 같군. 시선에 담긴 적의가 흉흉한걸? 금방이라도 달려들 것만 같잖아. 혹시― 자신을 죽인 사람이 나라는 게 생각났나?"

"이 자식……!"

"호오, 〈데우스〉가 모습을 드러낸 걸 보고 혹시나 했는데, 진짜로 그런 것 같군."

웨스트코트가 미소를 지으며 그렇게 말하자, 좌우에 있던 〈니벨코르〉가 「역시 아버님은 대단해!」 하고 환성을 질렀다.

"……"

웨스트코트의 모습, 목소리, 일거수일투족, 그 모든 것이 시도는 신경에 거슬렸다.

하지만 시도는 어금니를 깨물며 마음을 진정시켰다.

웨스트코트는 절대 용서할 수 없다. 하지만 현재 시도의 목숨은 시도 혼자만의 것이 아니다. 시도를 지키기 위해, 정령과 〈라타토스크〉의 기관원들은 목숨을 걸고 있었다. 이 상황에서 분노에 사로잡혀 웨스트코트에게 덤벼드는 어리석은 짓을 범할 수는 없다.

시도는 마음을 진정시키기 위해 심호흡을 한 후, 다시 자신의 주위를 차분히 살펴봤다.

　─지금 생각해보니, 기묘하기 그지없는 광경이었다.

　전투가 벌어지기 전, 코토리는 말했다. 이것은 〈라타토스크〉가 웨스트코트를, DEM이 시도를 해치우려 하는 싸움이라고 말이다.

　그런 두 조직의 타깃이 전장 한복판에서 대치하고 있는 것이다. 놀랍지 않은 게 오히려 이상하리라.

　"─훗."

　바로 그때, 웨스트코트가 시도의 생각을 읽은 것처럼 미소를 머금었다.

　"〈데우스〉의 천사에 의해 기함이 통째로 당했거든. 아아, 다시 실감했어. 정말─ 멋진 힘이야."

　웨스트코트는 연극이라도 하듯 과장스럽게 두 손을 펼치며 말을 이었다.

　"하지만 곤란하게 됐는걸. 〈데우스〉가 나타나 준 건 기쁘기 그지없는 일이지만, 지금의 내가 그녀의 힘을 흡수하는 건 불가능하겠지. ─그러니 이츠카 시도. 그녀를 찾아가기 전에, 우선 자네가 가지고 있는 영력을 먼저 받아가기로 한 거야."

　"뭐……?"

　시도가 미간을 찌푸리자, 웨스트코트는 더욱 진한 미소를 지으면서 한 손을 앞으로 내밀었다.

그러자 그의 주위에 존재하던 공간이 일그러지더니, 그곳에서 거대한 책 같은 물체가 모습을 드러냈다.

어둠을 연상케 하는 칠흑빛 겉면을 지닌 그 책에서 흘러나온 위압감은 그것을 쳐다보고 있는 시도의 심장을 압박할 정도로 어마어마했다.

"……윽, 〈벨제붑〉……!"

시도는 표정을 굳히면서 신음에 가까운 어조로 말했다.

그렇다. 마왕 〈벨제붑〉. 웨스트코트가 니아에게서 빼앗아갔던 천사 〈섭고편질(囁告篇帙)〉이 반전한 형태.

시도는 피부가 따끔거리는 느낌을 받으면서 한 걸음 물러섰다.

—한시라도 빨리 토카 일행이 있는 곳으로 가야만 한다.

적의 우두머리인 웨스트코트와 대치했는데도 불구하고, 시도의 생각에는 변함이 없었다.

이 자리에서 웨스트코트를 해치운다면, 이 싸움은 〈라타토스크〉의 승리로 끝난다. 하지만 지금은 싸움이 시작되기 전과 상황이 명백하게 달랐다.

미오. 시원의 정령. 제3세력인 그녀가 나타나면서, 전장은 극도로 어지럽혀지고 만 것이다.

"……쳇."

시도는 적에게 들리지 않도록 작게 혀를 찼다.

—〈라파엘〉로 돌파할까?

안 된다. 〈니벨코르〉는 여기에만 있는 게 아니다. 진로가 막히면서 앞뒤에서 협공을 당할 것이다.

—〈파군가희(破軍歌姬)〉로 발을 묶을까?

안 된다. 영력을 보유한 상대에게는 〈가브리엘〉의 세뇌가 먹히지 않는다.

—〈미카엘〉로 공간 이동을 할까?

안 된다. 성공할 거라는 보장이 없는 데다, 공간에 『구멍』을 만드는 것을 그들이 가만히 두고 볼 리가 없다.

시도의 머릿속에 떠오른 여러 작전들이 차례차례 부정되었다.

그렇게 사고능력에 의해 한없이 길게 느껴진 몇 초가 흐른 후…….

"—."

시도는 가늘게 한숨을 내쉬더니, 날카로운 시선으로 웨스트코트를 노려보았다.

그리고, 외쳤다.

그 천사의 이름을…….

"—〈산달폰〉."

그 순간, 시도의 손아귀에 옅은 빛을 내뿜는 대검이 생겨났다.

〈산달폰〉. 모든 것을 베는 검. 바로 토카의 천사였다.

아니— 〈산달폰〉만이 아니다.

"〈빙결괴뢰(氷結傀儡)〉— 〈라파엘〉— 〈절멸천사(絶滅天使)〉—."

차례차례…….

시도는 천사의 이름을 읊조렸다.

그러자 시도의 주위에 냉기의 벽이 소용돌이쳤고, 바람이 휘몰아쳤으며, 빛을 내뿜는 다수의 『깃털』이 모습을 드러냈다.

그렇다. 시도는 여러모로 궁리를 한 끝에 결론을 내렸다.

그것은 바로 가장 단순하고, 가장 멍청하지만— 가장 확실한 방법이었다.

"……좋아. 붙어보자고, 마술사."

시도는 천사를 현현시킨 반동 탓에 비명을 지르고 있는 몸을 앞으로 숙이고, 〈가브리엘〉의 힘이 깃든 목소리로 말했다.

【—최대한 빨리 결판을 내주겠어. 너한테는, 죽음을 각오할 시간조차 주지 않을 거야.】

◇

—하늘이, 푸르렀다.

눈을 뜬 엘렌은 가장 먼저 그런 생각이 들었다.

빠져들 것만 같을 정도로 푸른 겨울 하늘에, 구름이 드문드문 떠 있는 광경은 평온하기 그지없었다. ……어디까지나,

그런 하늘 곳곳에 공중함과 위저드들이 없었다면 말이다.

"아……"

뒤늦게 온몸에서 통증이 느껴졌다. 엘렌은 머릿속으로 리얼라이저에 지령을 내려 통각을 둔화시킨 후, 고개를 움직였다.

그녀는 자신의 몸을 내려다보았다. 온몸에 두른 백금색 CR-유닛 〈펜드래건〉이 무참하게 파괴되어 새하얀 피부가 곳곳에 드러나 있었다.

그제야, 멍하던 뇌가 제대로 작동하기 시작했다.

상황 인식. 기억 파악. 혼탁한 의식의 명료화.

그렇다. 엘렌은 우드먼을 향해 최대 출력의 공격을 날렸고— 패배했다.

"큭……"

얼굴을 찡그린 엘렌은 분노에 떨면서 주먹을 말아 쥐었다.

엘렌의 리얼라이저 조작에는 문제가 없었다. 유닛은 그녀의 뜻대로 구동됐으며, 테리터리 또한 엘렌의 뜻대로 전개됐다. 우드먼을 보고 피가 치솟기는 했지만, 그 또한 엘렌의 실력에 영향을 끼치지는 않았다.

적의 권모술수에 빠지지도 않았고, 컨디션 불량이나 기계 고장이 발생한 것도 아니다. 전력을 다해 최강의 일격을 날렸고— 그리고 졌다. 변명의 여지가 없을 정도의 완벽한 패배였다.

너무 분해서 눈물이 날 것만 같았다. 실제로 엘렌의 눈에는 희미하게 눈물이 어려 있었다. 우드먼을 용서할 수 없다. 그리고 무엇보다, 우드먼에게 이기지 못하는 자기 자신을 용서할 수가 없었다.

하지만— 아아, 어째서일까.

엘렌은 자신이 마음 한편으로 이 광경을 상상하고 있었던 것 같은 느낌이 들었다.

인류 최강을 자처하고, 우드먼을 향해 검을 들면서…… 마음 한편으로는 그에게는 이길 수 없을지도 모른다는 예감이 들었던 것이다.

분명 두 사람의 승패를 가른 것은 바로 그 점이리라.

위저드란 리얼라이저를 이용해 테리터리를 조종하는 자다. 의지의 힘으로 그것들을 제어해야만 하는 이상, 그런 잠재의식의 차이는 치명적이라고 할 수 있다.

"—여어."

바로 그때였다.

엘렌이 분한 나머지 눈물로 눈가를 적시고 있을 때, 앞쪽에서 그런 목소리가 들려오더니— 짙은 흙먼지를 가르며 우드먼이 모습을 드러냈다.

온몸에 걸친 금색 CR-유닛은 반파됐고, 손에 쥔 무기는 원형을 유지하고 있지 않았다. 하나로 모아 묶었던 금발은 피와 먼지로 범벅이 된 채 바람에 흩날리고 있었다. 엘렌 못지않게 만신창이가 된 것이다.

하지만, 비슷한 대미지를 입었는데도 엘렌은 지면에 쓰러져 있고, 우드먼은 두 발로 서 있다. 그 사실이 이 싸움의 결과를 명확하게 드러내고 있었다.

"내 승리……라고 봐도 되겠지?"

"……."

우드먼은 웃음을 흘리며 그렇게 말했다. 그러자 엘렌은 미간을 찌푸리며 우드먼을 노려보더니— 이윽고 땅이 꺼져라 한숨을 내쉬었다.

"—죽이세요."

"……아앙?"

엘렌이 불쑥 그렇게 말하자, 우드먼은 눈썹을 찌푸리면서 그렇게 대꾸했다.

엘렌은 그런 우드먼을 쳐다보면서 말을 이었다.

"보다시피 엘리엇, 당신이 이겼어요. —이 이상 살아서 수치를 당할 수는 없죠. 빨리 죽이세요."

"……."

우드먼은 엘렌의 말을 듣고 한숨을 내쉬더니, 허리춤에서 소형 레이저 블레이드를 뽑아들고 그녀를 향해 천천히 걸음을 옮겼다.

그리고 레이저 블레이드 끝을 지면을 향해 들고—.

단숨에 엘렌의 가슴에 찔러 넣었다.

"……윽―."

마력으로 만들어진 칼날이 테리터리를 찢더니, 그 뒤를 이어 파직 하는 소리가 들렸다.

다음 순간, 엘렌의 몸을 감싸고 있던 테리터리가 흩어지며 둔화시켰던 통각이 다시 살아났다.

―아아, 이게 죽음인가.

허무했다. 엘렌은 감회에 젖어들면서 눈을 감았다.

"……어?"

하지만 아무리 기다려도 의식이 끊어지지 않았다.

엘렌은 의아하게 생각하며 희미하게 눈을 뜨는, 레이저 블레이드가 꽂힌 자신의 가슴 쪽을 쳐다보았다.

그리고―.

"앗……?!"

그 광경을 본 엘렌은 새된 비명을 질렀다.

우드먼의 레이저 블레이드는 엘렌의 가슴을 꿰뚫지 않은 것이다.

그렇다. 마력으로 만들어진 유연한 칼날은 엘렌의 가슴에 닿을락 말락 하는 위치에서 휘어지더니, 그녀의 몸을 감싸며 등 쪽으로 뻗어나가 있었다.

아마― 유닛의 등 쪽에 탑재된 리얼라이저를 파괴하기 위해서 말이다.

"……윽! 엘리엇, 이게 무슨 짓이죠……?!"

엘렌이 눈을 치켜뜨고 우드먼을 향해 비난에 찬 시선을 보냈다. 그때마다 금이 간 갈비뼈가 비명을 질렀지만, 그녀는 개의치 않으면서 우드먼을 노려보았다.

그러자 우드먼은 레이저 블레이드를 회수한 후, 고개를 절레절레 저으면서 그것을 다시 허리춤에 꽂아 넣었다.

"무슨 짓? 그야 당연히 적을 무력화시킨 거지. 리얼라이저를 가진 너는 너무 위험하거든. 네가 입은 부상과 장비의 파손 상태를 고려하더라도, 평범한 위저드는 네 상대가 되지 못할 거라고."

"제가 물은 건 그런 게 아니에요! 왜 저를 죽이지 않는 거죠?!"

엘렌이 비명에 가까운 고함을 지르자, 우드먼은 「뭐?」 하고 과장스럽게 어깨를 으쓱했다.

"바보야, 져놓고 승자에게 명령하지 말라고."

"……윽!"

그 말을 들은 순간, 엘렌은 자신의 얼굴이 달아오르는 것을 느꼈다.

"누…… 누가 바보라는 거죠?! 헛소리 좀 그만 하세요……!"

"헛소리를 하는 게 아냐. 진 사람은 이긴 사람의 뜻에 따른다. 그건 기본 아냐? 너를 죽이든 말든 그건 내 자유라고."

"그게 바로 헛소리라는 거예요! 저를 바보 취급하는 건가요?!"

"맞아. 그래서 너를 바보라고 부르는 거잖아."

"제 말은 그런 뜻이 아니에요……!"

엘렌은 주먹으로 지면을 내려치면서 고함을 질렀다.

싸움에 졌을 때와는 다른 굴욕이 그녀의 폐부를 가득 채웠다.

이 남자는, 우드먼은, 방금까지 사투를 벌인 숙적을 여전히 어린애 취급하고 있었다.

그렇다. 마치— 수십 년 전, 그들이 고향에서 지내던 시절처럼 말이다.

엘렌은 눈가에 맺혀 있던 눈물이 방울져서 흘러내리려 하는 것을 느꼈다.

"왜…… 왜 엘리엇, 당신은 항상 이러는 거죠?! 항상 저를 바보 취급하고, 어린애 취급했죠! 게다가 이런 상황에서마저 손속에 사정을 두다니……! 무례한 데도 정도라는 게 있단 말이에요! 왜 저를 인정하지 않는 거죠?! 대체 이유가 뭐냔 말이에요!"

"아~, 되게 시끄럽네. 입 좀 다물어."

우드먼은 성가시다는 표정으로 귀를 막는 시늉을 했다.

그러자 다음 순간, 몸에서 통증이 사라지는 느낌이 들더니— 거부할 수 없는 졸음이 엘렌에게 밀려왔다.

아마 우드먼이 테리터리로 엘렌의 의식을 단절시킨 것이리라. 그리고 리얼라이저를 잃은 엘렌은 저항조차 할 수 없었다.

"어째서죠?! 어째서—."

엘렌의 눈에서, 임계 상태에 도달한 눈물이 흘러내렸다.

"—왜, 나를 데려가지 않은 거야? 엘리엇—."

그 말을 끝으로, 엘렌의 의식은 어둠에 빠져들었다.

"……."

엘렌의 눈이 감기자, 그 후로는 곤한 숨소리만이 들려왔다.

엘리엇은 그런 엘렌을 쳐다보면서 반파된 레이저 랜스 〈건그너〉를 손에서 놓더니, 그대로 크게 한숨을 내쉬었다.

〈프라시너스〉의 주포와 동일한 원형을 지닌 그것은 원래 인간이 혼자서 운용할 수 있는 장비가 아니다. 전성기의 힘을 되찾은 우드먼조차도 이것을 사용할 때는 자신의 육체가 대미지를 입는 것을 각오해야만 했다.

"……이런이런, 뼈가 부러졌는걸."

비틀거리면서 그렇게 말한 우드먼은 잠든 엘렌의 옆에 앉았다.

몸 전체에서 극심한 통증이 느껴졌다. 테리터리를 이용하지 않았다면, 방금까지 서 있을 수도 없었을 것이다.

겨우겨우 엘렌이 패배를 인정하게 만들기는 했지만, 사실 우드먼도 〈건그너〉의 과부하를 빼고 보더라도 무승부에 가까운 대미지를 입었다.

"······엘렌, 정말 강해졌구나."

우드먼은 엘렌의 머리를 쓰다듬으면서 감개무량한 어조로 그렇게 말했다.

마을에서 가장 실력이 뒤떨어지는 존재였으며, 마나 또한 제대로 다루지 못하던 엘렌이 이만큼이나 성장할 것이라고는 생각도 못했다.

"최강······이라······."

우드먼은 엘렌이 몇 번이나 입에 담았던 말을 중얼거렸다.

그녀는 광적일 정도로 그 말에 집착했다. 우드먼도 그 점을 알고 있었기에, 그녀를 도발하기 위해 그 단어를 입에 담았던 것이다.

하지만 지금 생각해보면, 엘렌이 최강을 계속 자처한 것은 우드먼이라는 존재 때문일지도 모른다.

과거에 함께 배우며 실력을 쌓았던 상대이자, 자신보다 훨씬 높은 경지에 올라섰던 친구.

하지만 그런 힘을 지녔으면서도, 자신들을 배신한 증오스러운 적.

그런 자에게 지지 않기 위해 항상 최강을 자처하며, 자기 자신을 북돋았다.

혹은— 우드먼에게, 네가 진정한 최강이라면 그걸 증명해보라고 호소해왔다.

우드먼은 그런 생각이 들었다.

하지만 만약 그 생각이 옳다면…… 정말 아이러니하기 그지없었다. 왜냐하면―.

"……인류 최강의 자리라는 게 진짜로 존재한다면, 그건 옛날 옛적에 네 것이 되었거든."

이 싸움은 안정적으로 100의 힘을 발휘할 수 있는 자가, 한순간만 101의 힘을 낼 수 있는 자에게 허를 찔린 것에 지나지 않는다. 우드먼이 인류 최강의 위저드는 누구냐는 질문을 받는다면, 그는 주저 없이 엘렌 메이저스를 언급할 것이다. ……뭐, 그 질문을 던진 이가 엘렌이라면, 대답 또한 달라질지도 모르지만 말이다.

"으음……."

우드먼은 엘렌의 머리를 쓰다듬던 자신의 손에서 위화감을 느꼈다.

아니, 손만이 아니었다. 다리, 가슴, 머리― 몸 곳곳에서 부상의 고통이나 피로와는 다른 무언가가 느껴졌다.

한계 이상으로 혹사된 몸이 붕괴되고 있는 듯한 느낌이 들었다. 점점 몸에 힘이 들어가지 않더니, 엘렌에게 기대듯 그 자리에서 쓰러지고 말았다.

"……뭐야. 의외로 빨리 찾아왔는걸. 엘렌 녀석을 재우길 잘했군."

하지만 우드먼은 당황하지 않았다. 애초부터 이렇게 될 것을 예상하고 있었던 것이다.

우드먼 이외에 엘렌을 막을 인간이 없으니, 어쩔 수 없는 조치였다.

그렇다. 이 모든 것은 정령을 지키기 위한 일이다.

『그 소녀』와 마찬가지인, 소녀들을 지키기 위한 일인 것이다.

그리고 우드먼은 그 목적을 달성했다. 정령들을 위협할 수 있는 인류 최강의 칼날을, 자신의 손으로 부러뜨린 것이다.

그렇기에 우드먼이 원통함을 느낄 리가 없다. 저승사자가 자신을 향해 손짓을 하고 있는데도, 우드먼의 표정은 밝았다.

하지만, 굳이 미련을 꼽자면―.

"……미안해, 카렌. ―엘렌."

우드먼은 그 누구에게도 들리지 않을 말을 남긴 후, 흐릿한 시야로 하늘을 올려다보았다.

"자…… 소년, 미안하지만 나는 여기까지인 것 같군. 뒷일을― 부탁하지."

―하늘에는 거대한 구체처럼 생긴 꽃이 한 송이 피어 있었다.

그 위용에서 느껴지는 힘은 과거에 우드먼이 애타게 그렸던 존재인 시원의 정령, 그녀가 지녔던 바로 그 힘이었다.

"아아――――, 아름, 다워."

우드먼은 온화한 미소를 지으면서 조용히 눈을 감았다.

◇

"―〈윤회낙원〉."
^{아인 소프}

　미오가 손을 내밀면서 그렇게 말한 순간……

　오싹―.

　토카 일행의 등골을 타고 어마어마한 오한이 흘렀다.

　그것은 미오가 천사 〈아인 소프 오르〉를 현현시켰을 때 느꼈던 감각과 비슷했다. 생명을 유지하려 하는 본능이, 육체에 경고를 보내고 있는 것이다.

　―다음 순간, 대기가 뒤흔들리더니 미오의 뒤편에 거대한 침탑이 생겨났다.

　유리를 연상케 하는 무기물 같은 표면을 지녔으며, 하늘을 우러러보듯 잎과 가지가 무성했다. 그리고 줄기의 일부가 세로로 갈라지더니, 그 안에서 나무의 정령를 연상케 하는 소녀 형태의 무언가가 얼굴을 내밀었다.
^{드리아스}

　그렇다. 그것은 마치― 하늘을 꿰뚫을 듯한 거대한 나무를 연상케 했다.

　아니, 그것만이 아니었다.

　"앗……?!"

　토카는 눈을 치켜뜨며 목소리를 쥐어짜냈다.

　토카만이 아니었다. 미오를 쳐다보던 마나도, 그리고 다른 정령들도, 토카와 마찬가지로 경악에 찬 표정을 지었다.

미오의 뒤편에 거대한 나무가 생겨난 직후, 그것을 중심으로 마치 나무가 뿌리를 내리듯 주위의 경치가 완전히 뒤바뀌고 만 것이다.

난전에 의해 파괴된 마을이, 연기를 피우고 있던 폐허가, 지면에 흩뿌려져 있던 〈밴더스내치〉와 공중함의 잔해가— 아니, 그뿐만이 아니라 구름이 떠 있던 겨울 하늘까지도 전혀 다른 무언가로 변모하고 있었다.

"……윽?! 이건……."

정체불명의 현상에 토카는 경계심을 최대한 끌어올리면서 주위를 둘러보았다.

흰색과 검은색으로 구성된 흑백 세계였다. 모눈종이처럼 같은 간격으로 나눠진 지면에는 블록 형태의 턱이 연이어 존재했으며, 칠흑빛 하늘이 그런 공간을 내려다보고 있었다.

정보량이 극한까지 제거된 간소한 풍경이었다.

마치 세계의 겉면이 벗겨진 듯한, 그런 위화감이 느껴졌다.

"……."

토카는 〈산달폰〉을 쥔 손에 힘을 줬다.

끈적끈적한 땀이 등을 적혔다. 메마른 목이 따끔거렸다. 심장이 격렬하게 뛰면서 발생한 떨림이 온몸으로 퍼져 나갔다.

다른 정령들도 움츠러들지 않은 채 미오를 주시하고 있지만, 역시 당황한 것 같았다. 등 뒤에서 그녀들의 목소리가 들려왔다.

"음…… 이게 대체 무엇인 게냐."

"환각……은 아닌 것…… 같네요."

"테리터리? 하지만, 이런 건……."

오리가미가 그렇게 말한 순간, 미오가 그 말에 답하듯 입을 열었다.

"……네 감각이 정확해. DEM이 『이것』을 모델로 삼아서 재현한 것이 테리터리라 부르는 공간이야."

미오는 그렇게 말하면서 하늘을 향해 들고 있던 손을 천천히 내렸다.

"……내 테리터리는 항상 전개되어 있어. 이 세계를 둘러싼 얇은 막 너머에 말이지. 그리고 지금, 나는 그 핵인 〈아인 소프〉의 일부를 이곳에 소환했어. 즉, 현재 나를 중심으로 한 이 일대는―『인계(隣界)』로 변했어."

"인계―."

토카는 미오의 말을 듣고 미간을 찌푸렸다.

그 단어는 전에도 들은 적이 있다. 이 세계의 옆에 존재하는 세계. 정령이 사는 장소. 기억에는 없지만, 토카 일행도 그 세계에서 이 세계로 왔다고 한다.

미오의 말이 어떤 의미인지는 모른다. 하지만, 토카 일행에게 있어서 유쾌한 사태가 아닌 것만은 틀림없었다.

"―흠."

토카와 같은 생각을 했는지 무쿠로가 손에 쥔 석장 끝으로 미오를 겨눴다.

"〈아인 소프〉라는 것이 어떤 힘을 지녔는지는 모르나. 하지만— **정지**시키면 그만일 터……!"

무쿠로는 그렇게 외치면서 석장을 내밀었다. 그러자 무쿠로의 앞에 『구멍』이 생겨나더니, 석장 끝이 그 구멍에 삼켜졌다.

"〈미카엘〉— 【세그바】!"

그리고 무쿠로는 그렇게 외치면서 석장을 비틀었다.

열쇠의 천사 〈미카엘〉. 그 힘은 그야말로 절대적이다. 형태를 지닌 것부터 지니지 않은 것까지 전부 봉인할 수 있는 것이다. —설령 그것이 시원의 정령이 지닌 천사 〈아인 소프〉일지라도 말이다.

확실히 정체불명의 적에 대한 첫 수로서는 최선이라 해도 과언이 아니다. 하지만—

"……윽! 안 된다, 무쿠로!"

토카는 반쯤 무의식적으로 외쳤다.

그녀 본인도 왜 그랬는지는 알지 못했다. 딱히 근거가 있는 것도 아니다.

하지만 토카의 본능이, 직감이, 경종을 울리고 있었다.

그 순간—

"어…… 커……억—?!"

무쿠로가 경악으로 가득 찬 눈을 치켜뜨면서 고통에 찬 신음을 흘렸다.

"무쿠로……?!"

토카는 무쿠로를 보고 바로 알아차렸다.

무쿠로가 찔러 넣은 〈미카엘〉이, 공간에 열린 『구멍』을 통과해 그녀 본인의 목덜미에 꽂혔다는 사실을 말이다.

"아니—?!"

"……나한테는 안 통해."

토카가 숨을 삼켰을 때, 미오가 불쑥 입을 열었다.

"……말했지? 『이곳』은 원래 세계가 침식을 당해 생겨난 인계— **나의 세계야.** 모든 법칙, 모든 조리(條理), 모든 자연법칙이, 너희가 아는 세계와 달라. 이 세계에서 〈아인 소프〉를 공격하는 것은 **불가능하게 되어 있어.** 인간이 물속에서 살 수 없듯이, 나무에서 떨어진 사과가 하늘로 향하지 않듯이……."

미오가 그렇게 말한 것과 동시에, 자신의 천사가 목에 꽂힌 무쿠로의 몸이 흑백으로 된 지면에 쓰러졌다. 그리고 무쿠로의 몸을 감싸고 있던 영장이 빛으로 변해 사라지더니, 그녀의 등에서 옅은 빛을 내뿜고 있는 세피라가 모습을 드러냈다.

"큭……!"

토카는 지면을 박차고 그 세피라를 움켜잡기 위해 손을 뻗었다.

하지만— 한 발 늦었다. 미오가 손가락을 굽힌 순간, 무쿠로의 세피라는 마치 보이지 않는 손에 사로잡힌 것처럼 공중을 이동하더니 미오의 가슴 속으로 빨려 들어갔다.

그러자 미오의 등 뒤에 있던 별 중 하나에 황금색 빛이 맺혔다.

"……이걸로, 세 개째네. 자, 다음은 누구야?"

차분한 목소리로 그렇게 말한 미오는 핥는 듯한 눈길로 이 자리에 있는 이들을 둘러보았다.

"……윽!"

쿠루미가, 카구야가, 유즈루가, 그리고 방금 무쿠로까지— 살해당했다. 그 사실이, 토카의 가슴에 참기 힘든 감정이 되어 밀려왔다.

하지만—.

"도망치죠!"

그 순간 들려온 목소리가 토카의 이성을 유지시켰다.

"마나—."

토카는 눈동자만을 움직여 방금 그 목소리의 주인공인 마나를 바라보았다.

마나의 표정에는 경계심이 어려 있지만, 공포는 찾아볼 수 없었다.

"……음……!"

토카는 곧바로 마나의 의도를 눈치챈 후, 피를 토하는 심정으로 죽은 이들의 유해를 남겨둔 채 지면을 박찼다.

오리가미와 요시노 또한 같은 판단을 한 것이리라. 그녀들 또한 토카와 마찬가지로 후퇴하기 시작했다.

—천사 〈아인 소프〉, 그리고 그것을 중심으로 펼쳐진 『인계』.

이곳은 그야말로 미오의 세계다. 이 공간에서 미오와 싸우는 것은 만용을 넘어 자살행위나 다름없는 것이다. 무엇을 하든, 우선 이 공간에서 벗어나야만 한다.

그런 토카 일행의 행동을 본 미오는 고개를 슬며시 들었다.

"……응. 역시 마나야. 올바른 판단을 내렸는걸."

그리고 그렇게 말하면서 천천히 손을 들어올렸다.

"……그럼 이 세계에 있는 이들이 밖으로 나갈 수 없도록 **하겠어.**"

미오가 그렇게 말한 순간, 〈아인 소프〉가 희미한 빛을 뿜었다.

"윽……?!"

그러자 다음 순간, 엄청난 속도로 공간 밖으로 후퇴하려던 마나가 보이지 않는 벽에 막힌 것처럼 **허공에 부딪쳤다.**

"법칙을 추가한 건가요?! 쳇…… 별의별 짓거리를 다할 수 있나 보네요……!"

"……응, 맞아. 이 세계는 전부 내 뜻대로 돼."

마나가 질린 듯한 어조로 그렇게 말하자, 미오는 상냥히 손짓을 했다.

그러자 마치 자석에 빨려 들어가듯 마나의 몸이 미오 쪽으로 끌려갔다.

"앗─?!"

갑작스러운 상황에 마나는 경악할 수밖에 없었다.

마나의 몸 주위에는 테리터리가 펼쳐져 있다. 하지만 미오는 지극히 자연스러운 움직임으로 마나를 꼭 끌어안았다.

"……마나. 오랫동안 고생 많았어."

"큭, 놔─!"

마나는 그런 미오에게서 벗어나려는 것처럼 버둥거렸지만, 미오가 어린애를 어르듯 머리를 쓰다듬은 순간, 뭔가를 떠올린 것처럼 눈을 치켜떴다.

"……윽?! 아, 미……오, 씨……?"

그리고 깜짝 놀란 표정을 짓고는 이내 두통을 느끼는 것처럼 얼굴을 찡그렸다.

"……맞아. 잠시만 기다려줄래? 신은 분명 너를 필요로 할 거야."

"잠깐─."

마나는 고함을 지르려는 듯이 목소리를 쥐어짜냈다.

하지만 그녀는 말을 끝까지 잇지 못했다. 아까 전의 시도와 마찬가지로, 지금 이 자리에서 완전히 사라지고 만 것이다.

"마나!"

"마나 씨……!"

토카와 요시노가 동시에 마나의 이름을 외쳤다.

그리고 다음 순간, 미오의 몸이 눈부신 빛에 휩싸였다.

"……윽?!"

한순간, 미오가 새로운 공격을 펼치려 한다고 생각했지만— 그렇지 않았다.

미오의 주위에 어느새 나타난 천사 〈메타트론〉의 『깃털』이 그녀를 향해 광선을 날린 것이다.

그렇다. 미오가 세계의 법칙을 바꾸고 마나를 끌어안는 사이, 오리가미는 이 상황을 고려하며 천사를 보냈던 것이다.

"하앗—!"

오리가미의 기합에 깃털에서 뿜어져 나오는 영력의 격류가 더욱 강해지더니, 미오를 중심으로 사방에서 날아온 파멸의 빛이 그녀를 덮쳤다. 변해버린 세계의 지면이 도려내지고 거대한 홈이 생겨나고 있었다.

"오리가미, 방심하지 마라……!"

엄청난 위력이었다. 하지만 토카는 경계를 늦출 수 없었다.

미오는 아까 전, 야마이 자매의 【엘 카나프】, 그리고 토카의 【할반 헤레브】를 동시에 맞고도 대미지를 입지 않았다. 아무리 허를 찔렀더라도—.

"……윽!"

바로 그때였다.

오리가미의 눈썹이 흔들리더니, 미오를 향한 공격이 중단

됐다.

"오리가미?"

"—조심해. 나는 공격을 멈추지 않았어."

"뭐……?"

토카가 미간을 찌푸린 순간, 주위에 자욱하던 연기가 걷히면서 미오의 모습이 보이기 시작했다.

—〈메타트론〉을 길들인 것처럼, 자신의 손바닥 위에 올려둔 미오의 모습이…….

"아니—?!"

"……〈메타트론〉."

미오는 조용히 그 이름을 입에 담으면서 손을 들어올렸다.

그러자 〈메타트론〉의 끝이 토카 일행을 향하더니, 여러 줄기의 광선이 발사됐다.

"큭……!"

"—〈자드키엘〉!"

토카와 오리가미에게 그 광선이 명중하려던 순간, 요시노의 목소리가 들리며 얼음으로 된 벽이 생겨났다.

얼음벽은 〈메타트론〉의 엄청난 위력에 깎여나갔지만, 그 이상의 속도로 얼음벽을 생성하면서 광선을 막아냈다.

하지만…….

"……흠. 그럼 그것도 금지하도록 할까."

"어—."

미오가 그렇게 말한 순간, 〈자드키엘〉이 만들어낸 얼음벽이 산산이 조각나며 〈메타트론〉의 광선이 요시노의 가슴을 꿰뚫었다.

"요시노!"

"토⋯⋯카, 씨─."

『와⋯⋯하하⋯⋯ 이거 참⋯⋯ 당했⋯⋯네⋯⋯.』

요시노의 조그마한 몸이 공중으로 떠올랐고, 그와 동시에 〈자드키엘〉과 영장이 대기에 녹아들듯 사라졌다.

지면에 쓰러진 요시노의 가슴에서 푸른색을 띤 세피라가 떠오르더니, 무쿠로 때와 마찬가지로 미오의 가슴에 빨려 들어갔다.

◇

"대, 대장님! 역시 무리예요⋯⋯!"

"시끄러워! 우는 소리 하지 마! 방법이 없단 말이야! 아무튼, 저 〈프락시너스〉라는 함의 테리터리 안에만 들어가면─."

엄청난 폭음과 대원들의 비명 소리가 료코의 목소리를 집어삼켰다. 료코는 인상을 쓰더니 머릿속으로 지령을 내려 테리터리의 방어 속성을 상승시켰다.

료코를 비롯한 전 AST대원들은 현재 오리가미의 요청에 따라 〈라타토스크〉의 기함인 〈프락시너스〉로 향하고 있었다.

말로 하면 단순한 행동에 불과했다. 하지만 〈프락시너스〉
는 DEM 측의 공중함과 전투를 펼치고 있었으며, 또한 료
코 일행이 밀집 진형을 짠 상태에서 의식 불명자 및 사망자
를 테리터리로 옮기고 있다면 이야기가 달라진다.

단독으로 공중을 나는 것과는 명백하게 다른 상황이었고,
사방에서 총탄과 광선이 날아오고 있었다. 료코는 다른 대
원들을 이끌어야 하는 입장이기에 아까 같은 발언을 입에
담기는 했지만, 우는 소리를 하는 이들의 심정이 처절할 정
도로 이해가 되었다.

하지만 이제 와서 도망칠 수는 없다. 료코 일행을 감싸고
대신 천사의 공격에 노출된 동료들을 소생시킬 가능성이 있
다면, 거기에 매달릴 수밖에 없다.

"대장님—!"

"……윽!"

한 대원의 목소리가 들려온 순간, 엄청난 충격이 료코의
온몸을 덮쳤다. 대원들이 비명을 흘렸다.

아무래도 오발탄이 명중한 것 같았다. —리얼라이저로 날
린 마력포를 오발『탄』이라고 부를 수 있다면 말이다.

마력으로 만든 테리터리로 몸을 지킨다고 해도, 사방에서
날아오는 것 또한 마력을 이용한 공격이다. 정통으로 맞는
다면 당연히 대미지를 입을 수밖에 없다. 그리고 방금 당한
공격에 의해 스러스터의 일부가 손상된 것 같았다. 〈프락시

너스〉가 코앞에 있는데, 점점 고도가 떨어지고 있었다.

"큭……! 말도 안 돼! 여기까지 와서……!"

료코는 인상을 찡그리면서도 어떻게든 고도를 유지하기 위해 테리터리를 조작했다. 하지만 뜻대로 되지 않았다. 료코 일행은 그대로 〈프락시너스〉의 아래로 추락하고 말았다.

하지만 그 순간―.

"……어?"

기묘한 부유감이 온몸을 감싸는가 싶더니 료코의 시야에 비친 광경이 순식간에 바뀌었다.

탄막이 펼쳐진 전장의 하늘에서, 다양한 기계로 뒤덮인 함교 같은 공간으로 말이다.

"어……? 어라……?"

"여기는……."

"어? 천국은 이렇게 근대화되어 있는 거야?"

료코와 다른 대원들이 멍한 표정으로 주위를 둘러보고 있는데, 갈색 군복을 걸친 여성이 말을 걸어왔다.

"쿠사카베 대위시죠? 토비이치 양에게 이야기를 들었어요."

"다, 당신은 누구지?"

"〈프락시너스〉의 승무원인 시이자키 히나코예요. 제가 전송장치로 여러분을 함내로 이동시켰죠. ―자, 아르테미시아 씨와 대원 여러분은 이쪽으로 옮겨 주세요."

그녀는 그렇게 말하면서 손으로 한쪽을 가리켰다. 그곳에

는 다수의 들것과 의료 스태프로 보이는 이들이 대기하고
있었다.

그 말을 듣고 이해했다. 료코 일행은 현재 〈라타토스크〉
의 기함인 〈프락시너스〉에 도착한 것이다.

"으, 응. 소중한 동료들이야. 잘 부탁해."

"약속해 드릴 수는 없지만, 최선을 다하겠어요."

의료 스태프들은 의식을 잃은 아르테미시아, 그리고 심정
지 상태인 료코의 부하들을 들것에 싣더니 그대로 함교 밖
으로 나갔다.

료코 일행이 그 광경을 바라보고 있을 때, 함교 상단부에
서 소녀의 목소리가 들려왔다.

"―〈프락시너스〉에 온 걸 환영해. 내가 사령관인 이츠카
코토리야."

"……아! 만나서 반갑습니다. 전(前) 육상자위대 AST 대
장, 쿠사카베 료코라고 합― 어?"

료코는 들려온 목소리에 반사적으로 경례를 했지만― 곧
눈을 치켜뜨며 경악했다.

하지만 그러는 것도 당연했다. 함장석으로 보이는 의자에
앉아 있는 이가 머리카락을 둘로 나눠 묶은 중학생 또래의
여자아이였으니 말이다.

"다, 당신이…… 사령관?"

료코가 당혹스러운 표정으로 그렇게 말하자, 함교 하단부

에 있던 승무원들이 낮은 목소리로 중얼거렸다.

"아…… 왠지 반가운 반응이네요."

"뭐, 저희는 이미 익숙해졌지만, 평범하게 생각하면 말도 안 되니까요."

어험, 하고 코토리가 일부러 헛기침을 했다. 그러자 승무원들이 허둥지둥 입을 다물었다.

"……윽!"

료코도 화들짝 놀라면서 자세를 고쳤다.

"실례했습니다. 무심코 연령과 겉모습으로 능력을 판단하려 한 걸 용서해 주십시오."

"아냐. 유연하게 대응해줘서 오히려 고마워. 그리고 모처럼 와줬는데 이런 말을 해서 미안하지만, 환영회를 열 여유는 없을 것 같네."

"개의치 마시길. 상황은 파악하고 있습니다."

료코가 그렇게 말하자 코토리는 고개를 끄덕였다. 그리고 함장석 옆에 서 있는 남자에게 지시를 내렸다.

"—아르테미시아는 무사히 회수했어. 칸나즈키, 준비됐지? 단숨에 돌파하는 거야."

"예. 맡겨만 주십시오, 사령관님."

머리에 디바이스로 보이는 것을 장착한 남자가 그렇게 말하며 고개를 끄덕였다.

흰색 군복을 입은 장신의 남성이었다. 길쭉한 손발과 등까지 기른 머리카락, 그리고 동양인답지 않은 외모가 외국의 귀공자를 연상케─.

"……어, 어어어어어어어어어어어어어어어어엇?!"

그 남자의 얼굴을 본 순간, 중학생 사령관을 보고도 냉정함을 유지하던 료코가 무의식적으로 고함을 지르고 말았다. 〈프락시너스〉 승무원, 그리고 료코의 뒤편에 있던 대원들이 깜짝 놀란 눈길로 그녀를 쳐다보았다.

하지만 료코는 그들을 신경 쓸 여유가 없었다. 그녀는 눈앞에 있는 남자를 손가락으로 가리키면서 또 고함을 질렀다.

"카……, 칸나즈키 대장님! 이런 데서 뭘 하고 있는 거예요?!"

"아, 오랜만이군요. 쿠사카베 양."

그 남자─ 칸나즈키 쿄헤이는 태연하기 그지없는 태도로 그렇게 말했다.

그러자 료코의 태도, 그리고 그녀가 한 말을 들은 대원들과 승무원들이 고개를 갸웃거렸다.

"칸나즈키…… 대장님?"

"……그래. 내가 갓 배속됐을 때의 AST 대장이야. 명실상부한 부대 내 톱 에이스였어."

료코의 말에 대원들과 승무원들은 깜짝 놀란 반응을 보였다.

"와아, 저 사람이……."

"좀 멋진 것 같지 않아?"

"칸나즈키 씨가 옛날에는 그런 사람이었군요……."

"길바닥에 널브러져 있다가 사령관님에게 거둬졌을 줄 알았는데……."

그들은 낮은 목소리로 그렇게 말했다.

하지만 료코는 개의치 않으며 코토리를 향해 외쳤다.

"이츠카 사령관님, 그 사람에게서 떨어지세요! 그 남자는 위험합니다! 중학생 또래의 여자애에게 엉덩이를 걷어차이는 것을 꿈꾸는 변태예요! 재임 중에 『여자 중학생을 지키는 모임』을 혼자 발족하고 지방 중학교의 통학로를 순찰하다가 거동수상자로 신고당한 적도 있는 남자죠! 사령관님은 그야말로 저 남자의 취향에 딱 들어맞아요!"

"너, 너무하군요. 요즘은 여중생의 발뒤꿈치에 발을 자근자근 밟히는 것도 좋아합니다. 수수하면서도 은은한 매력이 있죠."

"거봐요!"

범인이 자백을 하자, 료코는 그럴 줄 알았다는 어조로 그렇게 외쳤다.

그러자 코토리는 한숨을 내쉬면서 함장석에서 일어서더니…….

"시간이 없다고 말했지? 헛소리 좀 작작하란— 말이야!"

칸나즈키의 엉덩이를 향해 돌려차기를 날렸다.

"미얏흥!"

"윽?!"

칸나즈키가 기묘한 소리를 내면서 바닥에 철퍼덕 쓰러지자, 그 충격적인 광경을 본 료코는 어깨를 부르르 떨었다.

"—마리아. 전방에 있는 DEM 측의 공중함을 한시라도 빨리 돌파한 후…… 미오를 공격하겠어. 주포를 준비해줘."

『라져. 정령영력포 〈궁니르〉, 기동 승인.』

함교의 스피커에서 소녀의 목소리가 흘러나오더니, 메인 모니터에 병기의 가동을 알리는 아이콘이 표시됐다.

코토리는 모니터를 확인한 후 여전히 경련을 일으키고 있는 칸나즈키의 등을 자근자근 짓밟았다.

"칸나즈키, 지금 잠이나 퍼질러 잘 때야? 〈라타토스크〉는 너한테 낮잠이나 자라고 급료를 주는 게 아니거든?"

자기가 걷어차서 넘어뜨려놓고 이런 불합리한 소리를 늘어놓는 코토리를 본 료코는 자신의 볼을 타고 땀방울이 흘러내리는 것을 느꼈다.

"감사합니다!"

하지만 칸나즈키는 흥분으로 가득 찬 목소리로 그렇게 대답하더니 용수철처럼 벌떡 일어나 늠름한 표정을 지었다. ……뭐, 넘어지면서 부딪친 건지, 극도의 흥분 탓인지, 코에서 피가 줄줄 흘러나오고 있었지만 말이다.

"자! 갑시다, 마리아! 정령들을 위해! 그리고 제가 사령관 님께 포상을 받기 위해!"

"……."

……설마 『걸어 다니는 사건 발생기』,『실력은 인류의 보물, 성적 취향은 인류의 수치』 칸나즈키 쿄헤이를 이 정도로 길들이는 자가 있을 줄은 몰랐다.

료코는 나이가 자기 절반 밖에 안 되어 보이는 이츠카 코토리 사령관을 보면서, 숭배에 가까운 기묘한 감정을 느끼고 말았다.

"—〈세계수의 잎〉, 1번부터 15번까지 사출. 기뢰화시켜 함정을 파면서 전방의 적함을 돌파하겠습니다. 그 후, 주포를 준비하며 정령들을 엄호하도록 하죠. —마리아, 오케이?"

『오퍼레이션을 행하는 사람이 칸나즈키라는 점 때문에 불쾌감을 느끼는 걸 제외하면 아무 문제없습니다.』

"호오, 마리아는 오퍼레이터가 의욕을 내게 만드는 방법을 터득한 것 같군요."

마리아의 신랄한 말에 칸나즈키는 기뻐하듯 볼을 붉히면서 고개를 끄덕였다.

뭐, 마리아는 칸나즈키가 의욕을 내게 만들기 위해서가 아니라 진심을 토로했을 뿐인 것 같지만…… 괜한 소리를 해서 사기를 떨어뜨릴 필요는 없으리라.

메인 모니터에 표시된 〈프락시너스〉의 실루엣에서 몇몇 유닛이 사출되어 전방에 존재하는 적함의 뒤편으로 이동했다. 그에 맞춰 함체를 둘러싸듯 전개되어 있던 테리터리의 범위가 좁혀지고 그에 반비례하듯 강도가 상승했다.

상대는 강력한 DEM 공중함이다. 하지만 다시 태어난 〈프락시너스 엑스 케르시오르〉와 칸나즈키가 적함의 포진을 돌파하는 데만 주력한다면, 길을 여는 것은 그렇게 어렵지 않으리라.

물론 DEM의 공중함을 쓰러뜨리는 것만 생각한다면, 이 작전은 최선이라 할 수 없다. 적을 완전히 쓰러뜨리지 않은 채 포진만 돌파한다는 것은 적에게 등을 보이는 것이나 다름없으니까 말이다.

하지만 코토리 일행은 그런 위험부담을 안는 한이 있더라도, 한시라도 빨리 정령들의 곁으로 가야만 했다.

—느닷없이 나타난 정체불명의 물체.

그리고 하늘을 찌를 듯한 나무와, 그 나무를 중심으로 형성된 이공간.

그것은 아마도 레이네— 미오가 현현시킨 천사들일 것이다.

저 이공간에 갇힌 정령들과는 통신이 두절되고 말았다. 안에서 무슨 일이 일어나고 있는 것인지는 모르지만, 그녀들이 위험에 처한 건 틀림없으리라.

"—우와……."

코토리가 그런 생각을 하고 있을 때, 승무원 좌석에 앉아 있던 한 소녀가 그런 감탄사를 흘렸다.

단발머리와 안경이 인상적인 정령, 니아였다.

그녀는 세피라의 대부분을 웨스트코트에게 빼앗겼기 때문에 전투능력이 거의 없다. 하지만 자신도 도움이 되고 싶어 했기에, 이렇게 견습 승무원으로서 함교에 자리하고 있는 것이다.

게다가 불행인지 다행인지 레이네에게서 관측기기 사용법을 중점적으로 배웠기에, 그녀가 적으로 돌아선 지금은 니아가 미숙하게나마 해석관을 담당하고 있었다.

"니아, 왜 그래?"

"왜긴 왜야. 저…… 천사? 아무튼 저거, 완전 위험 그 자체네."

미간을 찌푸린 니아는 모니터를 쳐다보며 말을 이었다.

"하늘에 떠 있는 저 동그란 꽃처럼 생긴 녀석 보이지? 저기서 나온 빛을 쬐면 생물은 무조건 죽고, 물체는 전부 망가져. 대미지…… 같은 걸 입는 차원이 아냐. 뭐랄까, 사물이 가지고 있는 생명이나 수명, 내구한계? 아무튼 그런 게 순식간에 제로가 되어 버린다고나 할까…… 한 마디로 말해 무조건 죽는 빔? 만화에 이런 걸 넣었다간 바로 퇴짜를 먹을 거야. 저딴 걸 대체 어떻게 쓰러뜨리느냔 말이야."

"뭐……?"

"다른 하나는…… 저 일대만 완전히 다른 세계가 되어 버렸어. 수치가 너무 제멋대로라서 영문을 모르겠네. 내부를 볼 수 있는 거리까지 접근하면 좀 더 파악할 수 있을지도 몰라……."

"……."

코토리는 니아의 말을 듣고 마른 침을 삼켰다.

바로 그때, 코토리의 의도를 눈치챈 것처럼 마리아의 목소리가 스피커에서 흘러나왔다.

『—코토리. 곧 적의 포진을 돌파할 거예요. 그러니 방금 수용한 의식 불명자 및 비전투요원이 탄 구역을 분리해서 〈울무스〉로 사출하는 플랜을 제안합니다.』

"마리아……."

『물론 질 생각은 눈곱만큼도 없습니다. 그저 위험부담을 분산하려는 거죠. 또한, 〈울무스〉에는 카렌 메이저스 여사가 계세요. 아르테미시아의 뇌파 해석도 순조롭게 진행될 겁니다.』

"……."

코토리는 마리아의 말을 듣고 잠시 생각에 잠긴 후, 곧 미소를 머금었다.

"……마리아, 네가 이런 제안을 하게 해서 미안해."

『아뇨. AI의 처리속도는 인간보다 빠른 게 당연하니까요.』

마리아는 농담 투로 그렇게 말했다. 정말 인간미 넘치는 인공지능이다.

코토리는 작게 한숨을 내쉰 후, 뒤편에 있던 전직 AST 대원들을 바라보았다.

"—쿠사카베 대장. 들었지? 방금 도착한 사람한테 또 일을 시켜 미안한데, 사출되는 구역의 경호를 부탁해도 될까?"

"그건—."

료코는 눈썹이 꿈틀거렸지만, 목까지 올라온 말을 삼키듯 경례를 했다.

"예, 알겠습니다. 맡겨 주십시오."

그 모습을 본 코토리는 눈을 가늘게 떴다.

"쿠사카베 대장. 당신, 마음에 들었어. 내 부하로 삼고 싶을 정도야."

"감사합니다. 하지만 저희는 꽤 급료가 비싼 편이죠."

"어머, 큰일이네."

코토리가 웃음을 흘리자, 료코도 미소를 머금었다.

"마리아. 그녀들의 망막 필터에 목적지까지의 루트를 표시해줘."

『라져.』

마리아가 그렇게 말한 순간, 료코를 비롯한 전직 AST 대원들의 눈썹이 희미하게 떨렸다. 분명 그녀들의 눈에 함내 청사진이 표시되었을 것이다.

"—그럼 이만 실례하겠습니다. 여러분의 무운을 빌겠습니다."

"고마워."

짤막한 인사를 나눈 후, 전직 AST 대원들이 함교 밖으로 나갔다. 그들을 배웅한 코토리는 함교 하단부에 있는 승무원들을 쳐다보았다.

"─자, 미안하지만 지옥까지 나와 함께해줘야겠어. 혹시 도망치고 싶다면, 지금 바로 그녀들을 쫓아가."

코토리가 그렇게 말하자, 승무원들과 니아가 한순간 놀란 표정을 지었다. 하지만 그들은 이내 대담한 미소를 입가에 머금었다.

"사령관님, 무슨 소리를 하는 거예요."

"맞아요. 아무리 마리아가 있다고 해도, 사령관님과 부사령관님을 단둘이 두는 건 위험하단 말이에요."

"맞아~."

다들 농담을 하는 듯한 어조로 그렇게 말했다.

"하아, 정말……."

코토리는 인상을 찡그리면서 머리를 긁적였다. 하지만 승무원들의 희미하게 떨리는 손과 이마에 맺힌 땀을 보더니 한숨을 내쉬었다.

"……알았어. 가자. ─다들, 사랑해."

"""예!"""

승무원들이 한 목소리로 대답했다. 그리고 다음 순간, 함체가 격렬하게 흔들렸다.

『─적함의 테리터리를 강행 돌파했습니다. 코토리, 주포

준비를 부탁드립니다.』

　마리아의 목소리가 스피커에서 흘러나오더니 함교의 일부가 변형됐다.

　정령영력포 〈궁니르〉의 코어 룸이 모습을 드러내자, 코토리는 고개를 끄덕이고 그 안으로 들어섰다. 그리고 눈을 감고 정신을 집중했다.

　심장의 가장 깊숙한 곳에서 열기를 이끌어낸 후, 그것을 온몸에 두르는 상상을 했다.

　이윽고 불꽃을 형상화한 듯한 한정 영장과 거대한 도끼 같은 형태를 지닌 천사가 현현됐다.

　코토리는 그 천사—〈작란섬귀(灼爛殲鬼)〉를 거대한 대포 형태로 변형시킨 후, 전방에 존재하는 유닛에 그것을 접속시켰다.

　바로 그때, 함교 쪽에서 승무원의 목소리가 들려왔다.

　"……윽! 해당공간의 내부가 카메라로 확인됐습니다! 공간 중앙에 있는 레— 아니, 타카미야 미오 확인! 토카 양과 토비이치 양이 대치하고 있습니다!"

　"다른 애들은 어떻게 됐어?!"

　코토리의 물음에 승무원은 숨을 삼킨 후 이어서 말했다.

　"주위에…… 요시노 양, 카구야 양, 유즈루 양, 무쿠로 양이 쓰러져 있습니다! 아…… 새, 생명 반응— 확인되지 않습니다……!"

"……큭!"

코토리는 승무원의 반응을 듣고 숨을 삼켰다.

다들 위기에 처했을 거라고는 생각했다. 이 보고 또한 예상하지 못한 것은 아니다.

하지만, 이렇게 직접 귀로 듣자 심장이 옥죄어드는 듯했다.

『―정령영력포 〈궁니르〉. 발사 준비가 완료됐습니다. 목표, 이 공간 안에 있는 정령, 타카미야 미오. ―코토리, 괜찮겠어요?』

마리아는 차분하면서도 확답을 원하는 듯한 어조로 물었다.

마리아 또한 알고 있는 것이다. 지금 자신들이 취하고 있는 행동이 모순된다는 사실을 말이다.

〈라타토스크〉는 정령을 보호하는 조직이다. 그리고 미오 또한 정령인 이상, 보호대상이다. 아니, 엘리엇 우드먼이 〈라타토스크〉를 창설한 경위를 생각해본다면 그녀를 구원하기 위해 〈라타토스크〉가 존재한다고 해도 과언이 아니다. 그런 그녀를 공격하는 것은 그 취지에 맞지 않았다.

하지만, 그녀는 현재 무자비하게 정령들을― 코토리의 소중한 친구들을 죽이려 하고 있었다. 그런 짓을 하게 내버려 둘 수는 없었다.

"……레이네―."

코토리는 그 누구에게도 들리지 않을 만큼 작은 목소리로 그렇게 중얼거린 후, 어금니를 깨물면서 고개를 들었다.

"―물론이야, 마리아. 풀 파워로 날려버려."

『코토리라면 그렇게 말할 거라고 생각했어요.』

마리아는 그렇게 대답했다.

그리고 코토리는 화면에 표시된 표적을 향해, 영력포를 발사했다.

"……흐음, 둘 다 안 덤빌 거야?"

미오는 토카와 오리가미를 번갈아 쳐다보면서 차분한 목소리로 그렇게 말했다.

"……."

"……."

토카와 오리가미는 아무 말 없이 경계심이 묻어나는 표정으로 미오를 노려보았다.

—상황은 최악에 가깝다.

머리 위에는, 만물을 죽이는 죽음의 천사 〈아인 소프 오르〉.

눈앞에는, 온갖 섭리를 비틀어버리는 법칙의 천사 〈아인 소프〉.

시원의 정령은 그야말로 최강의 창과 방패를 지녔다. 토카는 머릿속으로 어떻게 움직이고 어떻게 공격할지 몇 번이나 궁리했지만, 자신의 가슴이 꿰뚫리는 것 이외의 미래를 떠올릴 수가 없었다.

아마 오리가미도 마찬가지이리라. 아니, 오리가미는 토카보다 머리가 좋다. 어쩌면 더욱 절망적인 상황으로 생각이 미쳤을지도 모른다.

"……흠."

그런 두 사람을 본 미오는 턱에 손을 댔다.

"……덤비지 않겠다면, 내가 공격하겠어."

미오는 그렇게 말하면서 손을 치켜들었다. 그 모습을 본 토카와 오리가미는 긴장과 전율로 인해 식은땀을 흘렸다.

"큭……!"

하지만— 바로 그때였다.

"……앗!"

하늘이 빛나는가 싶더니, 공중에서 지상에 있는 미오를 향해 일직선으로 빛줄기가 꽂혔다.

그것은 마치 한줄기 유성을 연상케 했다.

하지만 그것은 파멸의 힘을 내재한 일격이었다.

그렇다. 그것은 바로 〈라타토스크〉의 기함인 〈프락시너스〉가 자랑하는 주포 〈궁니르〉였다.

정령의 힘을 증폭시켜 날리는 그 공격은 그야말로 신의 번개였다. 압도적인 위력을 자랑하는, 〈프락시너스〉 최강의 포격인 것이다. 아무래도 코토리 일행이 전투구역을 벗어나 토카와 오리가미를 엄호한 것 같았다.

"—."

방대하면서도 농밀한 힘의 격류가 미오를 한순간 집어삼

컸다. 대지가 도려내지면서 주위에 엄청난 충격파가 흩뿌려졌다. 하늘에서 쏟아지는 파멸의 의지가 지상에 있는 적을 흔적도 남기지 않으며 섬멸하기 위해 맹위를 떨쳤다.

"……오리가미!"

"—그래."

그런 빛의 폭풍우 속에서, 토카와 오리가미는 서로를 향해 시선을 보냈다.

그리고 순식간에 서로의 의도를 파악한 그녀들은 동시에 지면을 박찼다.

〈궁니르〉의 위력은 강대하기 그지없다. 그것으로 미오를 해치울 수 있을지는 알 수 없지만, 이것은 분명 기회가 틀림없다.

"〈산달폰〉!"

토카가 외치자, 지면을 부수면서 황금색 옥좌가 모습을 드러냈다. 토카는 그 옥좌를 걷어차서 쓰러뜨린 후 유선형으로 형태를 변형시켰다.

"—〈에인헤랴르〉."

그 뒤를 이어 오리가미가 〈산달폰〉 위에 올라타 손에 쥔 창 형태의 유닛에 힘을 집중시켰다.

〈에인헤랴르〉. 용사의 영혼을 의미하는 그 창은 주위를 가득 채운 마력과 영력을 집속시키는 기능을 지녔다.

현재 이 공간은 수많은 정령들이 날린 필살의 일격과 〈프락시너스〉가 날린 주포의 여파, 그리고 미오 자신이 흩뿌린 방대한 영력으로 가득 차 있었다.

"─오오오오오오오오오오오오오오!"

"─하앗!"

토카는 목청껏 기합을 내지르면서 변형된 옥좌를 미오 쪽을 향해 맹렬한 속도로 발사시켰다.

그리고 그 옥좌 위에는 주위의 영력을 단 한 점에 집중시킨 창을 쥔 오리가미가 타고 있었다.

그것은 매우 강력한 쇠뇌^{발리스타}였다.

모든 것을 결집시킨 혼신의 일격이, 미오를 꿰뚫었다.

─아니, 꿰뚫은 것처럼 보였다.

"아……."

작디작은…….

귀를 기울이지 않으면 들리지 않을 만큼 조그마한 목소리가, 오리가미의 입술에서 흘러나왔다.

"윽?! 오리, 가미─?"

빛이 걷히고, 토카는 알아차렸다.

오리가미가 쥔 〈에인헤랴르〉가 미오에게 막혔고, 거꾸로 그녀의 손에서 뻗어 나온 빛의 창이 오리가미의 가슴을 꿰뚫었다는 사실을 말이다.

"……너희가 나를 쓰러뜨리려 한다면, 그걸 쓸 거라고 생각했어. 그래서, 나도 흉내를 내봤지."

미오는 그렇게 말하면서 오리가미의 몸을 꿰뚫은 빛의 창을 없앴다. 그러자 오리가미의 몸이 흔들리며 힘없이 지면에 쓰러졌다. 그런 그녀의 가슴에서 순백색을 띤 세피라가 모습을 드러내더니 미오에게 빨려 들어갔다.

그렇다. 미오는 토카 일행이 기습을 감행할 것이라는 사실을 예상했고, 자신 또한 주위를 가득 채운 영력을 집속시켜서 오리가미의 공격을 저지한 것이다.

"—."

절망이, 폐부를 가득 채웠다.

머릿속에 떠오른 모든 수를 다 썼다.

생각난 모든 방법을 전부 시도해봤다.

그 결과가 바로, 눈앞에 펼쳐진 지옥인 것이다.

"큭—."

하지만, 그래도 토카는 포기하지 않았다. 어금니를 깨물고, 혼자서라도 미오에게 덤벼들려 했다.

하지만, 다음 순간…….

푸욱—.

지면에서 뻗어 나온 빛의 띠가, 토카의 가슴을 꿰뚫었다.

"커, 억……?!"

무의식적으로 토카의 목에서 목소리가 흘러나왔다. 손에 힘이 들어가지 않아 움켜쥐고 있던 〈산달폰〉을 놓치고 말았다.

이상하게도 고통은 느껴지지 않았다. 맹렬한 졸음이 몰려오더니, 이 자리에 서 있을 수도 없었다.

그대로 지면에 쓰러졌다. 의식을 유지하기 위해 혀를 깨물었지만— 효과가 없었다.

시야가 흐릿해지는 가운데, 토카가 본 것은 미오의 천사 〈아인 소프 오르〉에서 뿜어져 나온 빛의 입자에 의해 산산이 파괴된 잔해로 변한 채 추락하고 있는 〈프락시너스〉였다.

◇

"아…… 으……, ……윽."

엄청난 통증과 열기에 코토리는 눈을 떴다.

아무래도 잠시 기절한 것 같았다.

기억을 되찾는 데 몇 초가량 걸렸다. 코토리는 눈을 크게 뜨고 상황을 파악하기 위해 주위를 둘러보았다.

지면은 수많은 잔해로 뒤덮여 있었다. 그것이 하늘의 용맹한 지배자 〈프락시너스〉의 말로라는 것은 쉬이 상상이 되었다.

코토리의 상태 또한 말이 아니었다. 수많은 상처와 엄청난 핏자국이 온몸에 남아 있었다. 천사의 빛을 쐰 복부와 다리는 기능을 상실한 것 같지만, 코토리에게 깃든 〈카마엘〉이 그런 몸을 억지로 소생시키고 있었다. 그 탓에 몸 곳곳이 불꽃에 타들어가고 있었다. 마치 화형을 당하는 마녀 같았다.

하지만 코토리는 비명을 지르지도, 눈물을 흘리지도 않았다.

"아······."

그녀의 시야에 어떤 존재가 비쳤기 때문이다.

몽환적인 영장을 걸친 정령— 미오가 이 자리에 당당히 서 있었다.

그런 미오의 발치에는 니아가 힘없이 축 늘어져 있었다. 미오는 니아에게서 빼앗은 것으로 보이는 세피라의 파편을 한손에 쥐고 있었다.

니아는 대부분의 힘을 아이작 웨스트코트에게 빼앗겼지만, 약간이나마 영력이 남아 있었다. 아마 그 영력을 회수했으리라.

그리고 물론— 이 자리에 있는 또 하나의 세피라 또한, 회수할 것이다.

"······."

바로 그때, 코토리의 시선을 눈치챘는지 미오가 고개를 돌렸다.

코토리는 그런 미오의 눈을 바라보면서 힘겹게 입을 열었다.

"······안녕, 레이네. 아니지, 미오라고 부르는 편이 나을까?"

"······어느 쪽으로 부르든 상관없어."

코토리가 농담 투로 말을 건네자, 미오는 눈을 가늘게 뜨면서 대꾸했다.

코토리는 그 반응을 보고 자조 섞인 미소를 지었다.

"······차마 눈 뜨고 볼 수가 없나 보네? 미안해. 어디 사는 누구 씨에게 호되게 당해버렸거든."

코토리는 그렇게 말한 후, 휴우 하고 한숨을 내쉬었다.

"……."

미오는 그런 코토리를 묵묵히 쳐다보고 있을 뿐이었다.

"……레이네."

온몸에서 느껴지는 통증, 피부를 태우는 불꽃, 엄습하는 파괴 충동— 코토리는 그 모든 것을 억누르면서 말을 이었다.

"전부, 거짓말이었어? 나를 도와줬던 것도, 내 버팀목이 되어줬던 것도— 나를, 둘도 없는 친구라고 말해줬던 것도……. 전부, 전부 거짓말이었던 거야?"

미오는 잠시 코토리를 응시한 후, 입을 열었다.

"……거짓말이 아냐. 내 말에는, 내 마음에는, 단 한 점의 거짓도 섞여 있지 않았어. 나는 정령들을 소중히 생각하고— 지금도 너를, 둘도 없는 친구라 생각해."

하지만, 하고 미오는 말을 이었다.

"……신을 되찾기 위해서라면, 나는 친구라도 먹어치울 수 있어. 그저 그뿐이야."

미오가 그렇게 말한 순간, 코토리는 날카로운 통증을 느꼈다.

"—."

흑백으로 된 지면에서 빛의 띠가 뻗어 나와 코토리의 가슴을 꿰뚫었다. 그것을 인식한 순간, 코토리는 지면에 쓰러졌다.

영장이 사라지고, 불꽃이 사라지자, 이윽고 고통조차 사라졌다.

하지만 코토리는 공포를 느끼지 않았다.

말로 형용할 수 없는 감정이 그녀의 마음을 지배하고 있었기 때문이다.

그렇다. 오랫동안 고락을 함께해 왔던 친구이기에 알 수 있었다.

—레이네가, 거짓말을 하지 않았다는 사실을 말이다.

그녀는 이런 악마 같은 짓을 벌이면서도, 진심으로 정령들을 아끼고 있었다.

진심으로, 코토리를 친구라 여기고 있었다.

아아, 너무나도— 비틀려 있었다.

"……헛소리, 하지 마. 어떻게 그럴 수가, 있는데……."

코토리는 의식이 흐려지는 가운데, 친구에게 건네기에는 너무나도 매정한 한마디를 입에 담았다.

단장(斷章)/4 Date

　—일요일. 데이트 당일.

　타카미야 신지는 홀로 역 앞에서 미오를 기다리고 있었다.

　한집에 살고 있으니, 미오와 함께 집을 나설 생각이었다. 하지만 여동생인 마나가 「오라버니는 바보죠? 아, 말실수를 했군요. 오라버니는 바보 맞아요. 여자애는 데이트 전에 준비할 게 많단 말이에요. 그러니까 이 근처에서 대충 시간이나 때우고 있으라고요」라고 말하면서 그를 예정보다 훨씬 이른 시간에 집에서 쫓아내버린 것이다.

　"……."

　신지는 역 앞 광장의 시계를 보았다. 5분 후면 약속 시간이 된다.

　그 사실을 자각한 순간, 차분하던 심장이 또 미친 듯이 뛰기 시작했다.

하지만 그것도 어찌 보면 당연했다.

신지는 이제부터, 생애 첫 데이트를 할 것이다.

그것도— 첫사랑과 말이다.

"하, 한 번 더 확인해볼까⋯⋯."

신지는 그렇게 말하면서 가방 안에 넣어둔 시간표 메모와 지도를 꺼냈다. 어젯밤에 열심히 외웠지만, 혹시 몰라 준비한 것이다.

하지만 부피가 꽤 나가는 점이 문제였다. 수십 년 후에는 이런 것을 전부 확인할 수 있는 소형 장치가 생기지 않을까. 겸사겸사 음악을 듣거나 사진을 찍을 수 있으면 좋겠다. 그리고 전화 기능도 있다면 최고⋯⋯ 뭐, 그건 너무 많은 것을 바라는 걸지도 모른다.

"—신!"

신지가 그런 생각을 하고 있을 때, 갑자기 앞쪽에서 미오의 목소리가 들려왔다.

두근, 하고 심장이 뛰었다. 신지는 고개를 들고 사랑하는 이를 쳐다보았다.

"—."

그리고 한순간, 시간이 멈췄다.

물론 진짜로 시간이 정지된 것은 아니리라. 하지만 신지의 눈에는 주위의 경치가 정지된 것처럼 보였다.

그 정지된 세계 안에서, 미오가 종종걸음으로 신지에게

다가오고 있었다.

그 움직임에 맞춰, 그녀가 입은 흰색 원피스의 옷자락과 아름답게 묶은 머리카락이 흔들렸다.

신지는 잠시 동안 아무 말도 하지 못했다.

원래 신의 총애를 받아 태어났다고 해도 과언이 아닐 만큼 아름다운 소녀이기는 했다. 하지만 평소에는 마나의 옷을 복제해서 만든 보이시한 옷을 입고 있었기에, 이렇게 여성스러운 옷을 입고 있는 그녀를 보고 어마어마한 충격을 받은 것이다.

"……신? 왜 그렇게 무서운 표정을 짓고 있는 거야?"

"윽……."

미오가 얼굴을 들여다보자, 신지는 어깨를 부르르 떨었다.

"미, 미안해. 내가 그런 표정을 지었어?"

"응. 마치 전쟁을 치르러 가는 사람 같아."

미오가 그런 무시무시한 소리를 하자, 신지는 무심코 쓴 웃음을 지었다. 자신은 그렇게 흉흉한 표정을 짓고 있었던 걸까.

하지만 방금 그 말 또한 핀트가 완전히 어긋난 표현은 아닐지도 모른다. 신지의 현재 심경은 처음으로 전쟁에 임하는 신병과 비슷하니 말이다.

"전쟁……^{데이트}이구나. 하하……."

"뭐?"

"아, 아무 것도 아냐. 좀 얼이 나갔던 것 같아. 저기……
미오가, 너무, 귀, 귀……."

신지는 얼굴이 달아오르는 것을 느끼면서도, 필사적인 심
정으로 그 말을 입에 담았다.

"……귀여워서, 말이야."

미오는 신지의 말을 듣고 어리둥절한 표정을 짓더니, 이내
볼을 살짝 붉히면서 미소를 지었다.

"정말이야? 후후, 왠지 기쁘네."

"─."

그 모습이, 표정이, 목소리가, 말이, 너무나도 사랑스러워
서 확 끌어안아버릴 것만 같았다.

하지만 만나자마자 그런 짓을 했다간 변태라는 낙인이 찍
히고 말 것이다. 신지는 마음을 진정시키려는 것처럼 크게
심호흡을 했다.

"저기, 신. 오늘은 어디에 갈 거야?"

"아, 그게…… 실은, 미오에게 보여주고 싶은 게 있어."

"보여주고 싶은 것?"

미오는 신지의 말을 듣고 고개를 갸웃거렸다.

신지는 미오의 그런 가벼운 동작 하나하나에 심장이 꿰뚫
리는 듯한 느낌을 받으면서도, 어찌어찌 고개를 끄덕였다.

"응. 목적지에 도착하면 자연스레 알게 될 거야. 자, 가자."

"응. 알았어."

신지가 앞장을 서려는 것처럼 돌아서자, 미오는 그의 옆에 섰다.

"……윽?!"

그리고 다음 순간, 신지는 온몸에 전류가 흐른 것처럼 몸을 부르르 떨었다.

이유는 단순했다. 신지의 옆에 선 미오가 아무렇지도 않게 그의 손을 잡았기 때문이다.

그것도 단순히 손을 잡은 게 아니었다. 서로의 손가락과 손가락이 얽히는, 연인들이나 할 법한 손깍지였다.

"미……, 미오, 양……? 왜 이러시는 것이옵니까……?"

신지는 이 느닷없는 사태에 뇌의 처리속도가 떨어졌는지, 괴상한 존댓말을 쓰고 말았다. 거울이 없어서 얼굴은 확인할 수 없지만, 아마 토마토처럼 새빨개졌을 게 틀림없다.

미오는 신지의 반응이 이해가 안 된다는 듯이 눈썹을 살짝 찌푸렸다.

"……아, 혹시 이러면 안 되는 거야? 역시 머리로만 알고 있는 지식을 실천에 옮기는 건 어렵네. 데이트를 할 때는 이래야 한다고 마나한테 들었거든."

"윽! 아…… 저기, 틀리지는 않았다고, 생각, 하옵니다……."

미오의 말을 듣고 뭐가 어떻게 된 것인지 눈치챈 신지는 눈을 치켜뜨며 그렇게 말했다.

그렇다. 오늘 아침 일로 눈치챘듯, 마나는 신지와 미오가 데이트를 원활히 할 수 있도록 돕고 있었다. ……그것만으로도 충분히 감사하지만, 이런 조언까지 미오에게 했을 줄이야. 나중에 볼이라도 부비부비해줘야겠다고 신지는 생각했다.

"정말이야? 후후…… 다행이야. 만약 틀렸다면, 손을 놔야 했을 거잖아."

"뭐?"

"―이 행위는, 뭐랄까, 정말…… 좋아. 신과 손을 맞잡고 있으면, 왠지 안심이 돼. 하지만, 마음이 편안해지는 건 아냐. 살짝 흥분…… 고양감? 심박수가 약간 상승하는 느낌이 들어. 신은 신기한 힘을 가지고 있는 게 분명해."

"……윽."

미오가 그렇게 노골적인 표현을 입에 담자, 신지는 현기증이 날 정도로 몸이 뜨겁게 달아올랐다.

"신? 왜 그래? 좀 괴로워 보여."

"아…… 아무 것도, 아냐……."

신지는 대충 얼버무리려다― 입을 다물었다.

미오는 익힌 지 얼마 안 되는 언어로, 최선을 다해 자신의 생각을 신지에게 전하려 했다. 그런데 신지가 그냥 얼버무리고 넘어가는 것은 매우 비겁한 행동이라는 생각이 들었다.

신지는 뇌가 익어버리는 것을 각오하며, 미오의 얼굴을 쳐다보았다.

"나, 나도…… 마찬가지야. 미오와 손을 잡아서…… 기뻐.

이러고 있는 것만으로도 가슴이 뛰면서…… 뭐랄까, 이 세상에 태어나서 다행이라는 느낌이 들어."

"후후, 허풍이 심하네."

미오는 그렇게 말한 후, 신지의 손을 잡아당겼다.

"—자, 그럼 시작할까? 우리의, 전쟁을 말이야."

"뭐?"

아무래도 미오는 아까 신지가 중얼거린 말을 들은 것 같았다. 신지는 한순간 멍한 표정을 짓더니, 미오와 얼굴을 마주하며 웃었다. 그리고 두 사람은 나란히 역을 향해 걸음을 내디뎠다.

제4장 최초(最初)는 최후(最後)와 대치하고

"—."

—의식을, 날카롭게 만들었다.

시도는 긴장을 풀었다간 자신의 온몸을 폭발시킬 것 같은 영력을 겨우겨우 제어하면서, 가늘게 숨을 내쉬었다.

시도의 눈앞에는 불구대천의 원수인 아이작 웨스트코트…….

그리고 주위에는 그의 권속인 〈니벨코르〉가 있었다.

만만치 않은— 아니, 시도에게 버거운 상대다.

하지만 우는 소리를 할 시간은 없었다. 이러는 사이에도 정령들에게 위기가 닥치고 있을 것이다. 한시라도 빨리 웨스트코트를 쓰러뜨린 후, 그녀들이 있는 곳으로 가야만 한다.

"—하압!"

선제공격을 날린 이는 바로 시도였다.

〈가브리엘〉로 강화시킨 각력으로 지면을 박찬 시도는 〈라파엘〉로 일으킨 바람을 타고 이동해 그대로 〈산달폰〉을 휘둘렀다.

천사의 병행 현현. 인간의 몸으로는 한 개도 다루기 힘들 만큼 강대한 천사를, 병행해서 사용한다고 하는, 말도 안 되는 행위…….

아직 적에게 공격당하지 않았는데도, 시도의 몸에는 엄청난 대미지가 가해지고 있었다. 근골이 비명을 지르고 있었으며, 그 대미지를 억지로 치료하기 위해 〈카마엘〉의 불꽃이 피처럼 온몸을 흐르고 있었다.

〈가브리엘〉로 통각을 둔화시키지 않았다면 미쳐버렸을지도 모를 정도로 극심한 통증과 열기가 느껴지는 가운데, 시도는 절규를 토하며 〈산달폰〉을 휘둘렀다.

"우오오오오오오오오오오!"

그 일격은 엄청난 충격파가 되어 웨스트코트를 향해 일직선으로 뻗어나갔다.

"훗—."

하지만 웨스트코트는 입가에 미소를 머금고 뒤편으로 몸을 날리면서 칠흑빛 책— 마왕 〈벨제붑〉을 치켜들었다.

그러자 〈벨제붑〉 안에서 여러 장의 종이가 나오더니, 그것들이 벽을 이뤄 〈산달폰〉의 일격을 막아냈다. 위력이 약해진 충격파는 방금까지 웨스트코트가 서 있던 지면을 약간

도려냈다.

"흠. 역시 공격에 특화된 천사와 정면대결을 펼치는 건 불리하려나. ―〈니벨코르〉."

"응~!"

"아버님, 우리만 믿어!"

"이츠카 시도 따위에게는 안 져!"

웨스트코트가 지시를 내리자, 〈니벨코르〉들이 시도를 덮쳤다.

하지만 그녀들이 달려든 순간, 시도는 물 흐르는 듯한 움직임으로 입술에 손가락을 대더니―.

"으음― 쪽."

그대로 손 키스를 날렸다.

"꺄아~!"

그러자 〈니벨코르〉들이 몸을 부르르 떨면서 그대로 풀썩 주저앉았다.

그 틈에 〈니벨코르〉에게 접근한 시도는 눈에 보이지 않는 속도로 〈니벨코르〉의 입술을 빼앗았다.

"으음……?!"

"꺄아…… 아버님 앞에서……."

"역시 이츠카 시도한테는 이기지 못했어……."

키스를 당하고 달콤한 목소리로 그렇게 말한 〈니벨코르〉, 그리고 그 광경을 본 개체들이 소멸했다.

그렇다. 니아의 인자(因子)를 베이스로 만들어진 〈니벨코르〉는 애초부터 시도에게 반한 상태였으며, 이렇게 키스를 하면 키스를 당한 개체 및 「자신이 키스를 당했다」고 인식한 개체가 봉인되고 마는 것이다.

하지만 불사신 권속이 사라졌는데도 웨스트코트는 차분한 표정으로 턱에 손을 댈 뿐이었다.

"─흠, 그래. 〈니벨코르〉의 숫자가 갑자기 줄어든 것은 확인했지만, 이런 맹점이 있는 줄은 몰랐군. 흥미로운 현상이야."

웨스트코트의 여유로운 태도가 거슬렸다. 시도는 미간을 찌푸리며 외쳤다.

"아쉽겠는걸. 너의 그 잘난 〈니벨코르〉는 내 상대가 못 돼……!"

"호오? 그렇게 생각하나?"

웨스트코트는 옅은 미소를 지으며 손을 치켜들고 손가락을 튕겼다.

"""……아!"""

그러자 시도를 포위하고 있던 〈니벨코르〉의 눈썹이 떨리더니, 대열을 짜듯 줄지어 선 후 몇 명씩 조를 짜서 차례차례 시도에게 달려들었다.

"헛수고……야!"

시도는 날카로운 시선으로 〈니벨코르〉를 향해 손 키스를 날렸다.

하지만— 〈니벨코르〉의 공격은 중단되지 않았다.

"아니……?"

시도는 그제야 눈치챘다.

자신에게 달려든 〈니벨코르〉들의 눈에 〈벨제붑〉의 페이지가 붙어 있다는 사실을 말이다.

"쳇—."

그것이 무엇을 의미하는지 알아챈 시도는 뒤편으로 몸을 날렸다.

〈니벨코르〉가 시도의 손 키스에 움츠러드는 것은 그의 손 키스에서 충격파나 광선이 발사되기 때문이 아니다. 어디까지나「자신이 손 키스를 당했다」라는 사실의 인식이 〈니벨코르〉를 동요하게 만드는 것이다.

그렇다면 시야만 차단하면 움츠러들지 않는다. 지극히 당연한 논리다.

하지만, 말은 쉽지만 행동은 어렵다.

이 많은 〈니벨코르〉의 시야를 전부 차단할 뿐만 아니라, 일사불란한 움직임으로 시도를 공격하게 하는 것은 쉬운 일이 아니다.

〈니벨코르〉는 군체(群體)다. 『눈』 역할을 하는 〈니벨코르〉가 어딘가에 있고, 시야를 공유하면서 싸우는 방식이면 그게 가능할지도 모른다. 하지만 거꾸로 말하자면 『눈』 역할은 손 키스를 인식하는 것이다. 까딱 잘못하면 일망타진될 수도 있으리라.

"......큭."

시도는 거기까지 생각이 미치고서야 깨달았다.

이 자리에는 〈니벨코르〉와 정보를 공유할 뿐만 아니라, 시도의 손 키스를 보고도 움츠러들지 않는 최고의 『눈』이 한 명, 존재하는 것이다.

"―어때? 단순하지만 나쁘지 않은 수지?"

그렇게 말한 〈니벨코르〉의 『눈』― 웨스트코트가 입가를 일그러뜨렸다.

그와 동시에 눈을 가린 〈니벨코르〉들이 또다시 공격을 펼쳤다.

"꺄하하하하!"

"감히 우리한테 그딴 짓을 해애애앳?!"

"그 대가를 톡톡히 치르게 해주겠어!"

〈니벨코르〉들은 차례차례 날카로운 형태로 변형시킨 〈신식편질(神蝕篇帙) 엽(頁)〉를 날렸다.

"큭......!"

시도는 인상을 찌푸리면서 그것을 겨우겨우 피한 후, 〈메타트론〉을 조종해 주위에 광선을 날렸다.

무차별적으로 발사된 포격이 〈니벨코르〉들을 날려버렸다.

하지만 곧 사방으로 흩날린 〈벨제붑〉의 페이지에서, 생채기 하나 나지 않은 〈니벨코르〉들이 기어 나왔다.

"아얏~!"

"이게~!"

"꺄하하, 하지만 그딴 공격으로는 우리를 죽일 수 없어!"

웨스트코트는 눈앞에서 펼쳐지고 있는 난전을 보면서 씨익 웃었다.

"—확실히 자네는 〈니벨코르〉의 천적이라 할 수 있는 존재지. 하지만 그것만으로 승패가 갈릴 거라고 생각하지는 마. 자네는 아까까지의 전투에서 〈니벨코르〉에게 승리했다고 생각하는 것 같지만— 그건 지휘자가 없는 악단의 연주를 치졸하게 비웃는 짓이나 다름없지."

웨스트코트는 그렇게 말한 후, 지휘자처럼 거창하게 손을 휘젓기 시작했다. 그러자 그에 맞춰 〈니벨코르〉들이 춤추듯 허공을 가르며 공격을 펼쳤다.

"크윽—! 이게……!"

시도는 어찌어찌 공격을 피하거나, 혹은 〈자드키엘〉의 장벽으로 막아내면서 인상을 찡그렸다.

손 키스가 통하지 않는 것만이 아니다. 웨스트코트라는 지휘자를 얻은 〈니벨코르〉는 아까까지와는 전혀 다른 존재가 된 듯한 움직임을 선보이고 있었다.

머릿수에 의존하며 잡다한 공격을 펼치던 집단이, 완벽하게 통솔되고 있는 군대가 된 것 같았다. 그 집요하면서도 신중한 연속공격이 시노를 점점 궁지로 몰아넣었다.

"⋯⋯."

하지만― 시도의 눈에는 체념의 빛이 어려 있지 않았다.

확실히 열세에 처하기는 했다. 분명 절체절명의 상황이기는 했다.

하지만 웨스트코트라는 존재는 위협이자, 동시에 치명적인 결점이 되고 있었다.

그 이유는 단순했다. 〈니벨코르〉는 웨스트코트가 지닌 〈벨제붑〉에서 태어난 유사 정령이다. 그리고 그 원천을 제거한다면, 아무리 불사신일지라도 더는 되살아나지 못할 것이다.

"―〈메타트론〉⋯⋯!"

시도는 각오를 다진 후, 수많은 〈메타트론〉을 공중에 띄우더니―

〈니벨코르〉가 밀집되어 있는 자신의 주위를 향해 일제사격을 날렸다.

"까앗⋯⋯!"

"가, 갑자기 뭐하는 거야?!"

하늘에서 수많은 광선이 뿜어지자, 주위가 순식간에 눈부신 빛에 휩싸였다.

〈니벨코르〉들이 비명을 지르는 가운데, 웨스트코트는 눈을 가늘게 뜨면서 그 섬광과 주위의 자욱한 연기가 사라지기만을 기다렸다.

"—흠?"

그리고 광선이 퍼부어진 지점을 쳐다보면서 고개를 약간 갸웃거렸다.

방금까지 그 자리에 있었던 이츠카 시도가 어느새 모습을 감춰버린 것이다.

"어? 뭐야, 자기 공격에 죽어버린 거야?"

"우리한테 질 것 같으니까 자폭해버린 걸까~?"

"에이, 그냥 도망친 거 아냐?"

"꺄하하, 어느 쪽이든 간에 완전 꼴사납네~."

〈니벨코르〉들이 꺄하하 하고 웃음을 흘렸다.

하지만 웨스트코트는 경계를 늦추지 않았다. 아무리 열세라고 해도 그 소년이 의미도 없이 자살을 선택할 리가 없는데다. 후퇴를 선택했다면 주위에 있던 〈니벨코르〉가 감지했을 것이다.

"저기, 아버님~. 어떻게 할까?"

바로 그때, 근처에 있던 〈니벨코르〉가 귀엽게 고개를 갸웃거리며 그렇게 물었다.

"흠. 글쎄—."

웨스트코트는 그 말에 답하려는 듯이 〈벨제붑〉의 페이지를 넘기다— 그대로 뒤편으로 몸을 날렸다.

다음 순긴, 빙금까지 웨스트코트가 있던 곳에 열쇠 형태의 석장이 꽂혔다.

방금 웨스트코트에게 말을 걸었던 〈니벨코르〉가 갑자기 그를 공격한 것이다.

"큭—."

〈니벨코르〉는 한숨을 내쉬면서 인상을 찡그렸다.

"아, 아버님을 공격해?! 왜 그러는 거야, 나?!"

"반항기?! 반항기인 거구나?!"

"어— 잠깐만 있어봐. 저건 **내가 아냐!**"

〈니벨코르〉들이 입 모아 그렇게 말한 순간, 웨스트코트를 공격한 개체는 〈니벨코르〉들과 거리를 벌리려는 듯이 물러나더니 그 형태가 다른 누군가로 변질됐다.

그렇다— 방금 모습을 감췄던, 이츠카 시도의 모습으로 말이다.

"쳇…… 실패했잖아."

〈니벨코르〉에서 원래 모습으로 돌아온 시도는 혀를 찼다. 그러자 진짜 〈니벨코르〉들이 깜짝 놀란 표정을 지으면서 시도를 손가락으로 가리켰다.

"앗! 너!"

"우리 모습으로 아버님을 공격한 거야……?!"

〈니벨코르〉는 불같이 화를 냈다. 하지만 웨스트코트는

화를 내는 것은 고사하고 오히려 기분이 좋은 것처럼 웃음을 흘렸다.

"─〈메타트론〉의 포격으로 시야를 차단하고, 〈위조마녀〉의 힘으로 〈니벨코르〉로 변한 후, 빈틈을 노려 〈미카엘〉로 〈벨제붑〉의 힘을 봉인한다……. 흠, 매우 스마트한 방식이군. ─그런 만큼 예상하기도 쉽지만 말이야."

"……큭, 이 자식─."

시도는 자신의 행동을 정확하게 해설한 웨스트코트를 노려보았다.

그러자 웨스트코트는 뭘 그렇게 놀라느냐는 듯이 어깨를 으쓱했다.

"내 마왕이 뭔지 잊었나? 전지(全知)의 〈벨제붑〉이지. 정령이 지닌 천사의 힘을 파악해 두는 건 지극히 당연한 일이라고 생각하는데 말이야."

"……."

웨스트코트의 말에 시도는 인상을 찡그렸다.

기습을 간단히 간파당했기 때문이기도 하고, 어린아이에게 설명을 해주는 듯한 웨스트코트의 말투에 화가 난 것도 없지는 않다.

하지만, 가장 마음에 안 드는 점은─.

"정정해. 그건 네 마왕이 아니라, 니아의 천사야."

시선을 날카롭게 만든 시도가 다시 영력을 끌어올려 다수의 천사를 현현시켰다.

"—훗. 정정하게 만들어보시지."

웨스트코트는 그 말에 자신만만한 미소를 지었다. 〈니벨코르〉들은 전투태세를 취하듯 자세를 낮췄다.

그리고 잠시 동안 침묵이 이어진 후, 시도와 〈니벨코르〉는 거의 동시에 지면을 박찼다.

하지만—.

"—어……?"

순간, 시도는 엄청난 위화감을 느꼈다.

시도가 손에 쥔 〈미카엘〉이 한순간, 손바닥 안에서 사라져버린 듯한 느낌이 들었다.

그것은 아까 〈라파엘〉로 지상을 내달릴 때 느꼈던 것과 비슷한 감각이었다.

말로 형용할 수 없는 불안감이 시도를 엄습했다. 마치 〈미카엘〉의 소유자인 무쿠로에게 무슨 일이 생긴 듯한—.

"컥……?!"

다음 순간, 시도는 명치에서 느껴지는 날카로운 통증에 고통에 찬 신음을 흘렸다.

시도의 집중력이 흐트러진 순간, 그 틈에 육박한 〈니벨코르〉가 시도의 배에 손톱을 깊숙이 찔러 넣은 것이다.

"꺄하하하하! 정신을 어디다 판 거야?!"

"큭……!"

시도는 고통 때문에 인상을 찡그리면서도 〈니벨코르〉에게 반격을 시도했다.

하지만 1대 다수의 전투 중에 호흡이 흐트러지는 것은 치명적인 결점이다. 눈사태처럼 연이어 쏟아지는 공격에 당한 시도는 두 손 두 발을 〈니벨코르〉에게 잡히고 말았다.

"커—헉……"

시도는 피를 토했다. 온몸에 엄습한 고통에 어금니를 깨물면서도, 〈니벨코르〉를 떼어내기 위해 손발에 힘을 줬다.

하지만 〈가브리엘〉로 육체를 강화했는데도 자신을 잡고 있는 유사 정령을 떼어낼 수가 없었다.

"흠, 의외로 손쉽게 결판이 났군. 아니면 이것도 작전이려나?"

웨스트코트가 〈벨제붑〉의 페이지를 펼치면서 시도를 향해 걸음을 옮겼다.

"이게……!"

시도는 머릿속으로 지령을 내려 공중에 〈메타트론〉을 현현시켰다. 하지만 그 순간, 〈니벨코르〉가 〈메타트론〉을 움켜잡고 포문의 방향을 비틀었다.

"흠, 이걸로 끝인가. 그럼 막을 내리도록 하지. 자네와 좀 더 놀아주고 싶지만, 〈데우스〉와 조우하기 전에 자네의 영력을 손에 넣어야 하거든."

웨스트코트는 그렇게 말하면서 시도이 눈앞에 있다.

시도는 증오에 찬 눈길로 웨스트코트의 얼굴을 노려보았다.

"······너는······."

"응?"

"네 목적은 대체 뭐지? 대체 뭘 위해서, 정령의 힘을 손에 넣으려는 건데? 대체 뭘 위해서— 수많은 사람들을 상처 입히는 거냐고······!"

시도는 시간을 벌기 위해 그런 질문을 던졌지만, 그 질문은 진심에서 우러난 것이었다. 시도는 진심을 담아 그렇게 외치고 어금니를 깨물었다.

그러자 웨스트코트는 잠시 뜸을 들인 후, 이렇게 말했다.

"새로운 세계를 창조하기 위해서지."

"새로운······ 세계?"

"그래. 엘리엇에게 들었을지도 모르지만, 우리는 인조 마술사가 아니라 순정 마술사라 불리는 이들의 후예다. 그리고 그 힘을 두려워한 인간들에 의해 마을이 불타버렸고, 동료들이 몰살당하고 말았지."

"뭐—."

"그래서 나는 시원의 정령 〈데우스〉의 인계로 이 세상을 뜯어고칠 거야. 우리 가족을 죽인 인류에게 복수하기 위해서—."

웨스트코트는 연기를 하는 듯한 톤으로 그렇게 말한 후, 입술 끝을 일그러뜨렸다.

"—이런 이유라면, 자네도 납득하려나?"

"……뭐?"

시도는 당혹스러워하듯 미간을 찌푸렸다. 그러자 웨스트코트는 느긋한 어조로 말을 이었다.

"일설에 따르면, 인간이 가장 먼저 터득하게 되는 감정은 『쾌감』과 『불쾌감』이라더군. 성장하면서 희로애락 등의 다양한 감정으로 나뉘지만…… 그 어떤 감정도 기본적으로는 『쾌감』 혹은 『불쾌감』에 속하며, 인간은 『쾌감』을 선호하고 『불쾌감』을 싫어하지."

"무슨…… 소리를 하는 거야?"

"실은 거창한 이유는 없어. 예를 들면 사회적 지위를 손에 넣는 걸 『쾌감』으로 삼는 자가 자기 일에 최선을 다하듯이, 그리고 남을 사랑하는 것을 『쾌감』으로 삼는 자가 남에게 헌신적으로 베풀듯이 말이야."

웨스트코트는 두 손을 펼치면서 계속 말을 이었다.

"나는 그런 면에서 남들과 좀 달라. 그뿐이지. 그 외에는 별 차이가 없어. 자신의 목적과 호기심을 위해, 최선을 다해 노력할 뿐이야. —이츠카 시도. 자네는 장난감을 사기 위해 돈을 모은 적이 없나? 애인을 만들고 싶어서 몸가짐에 신경을 쓴 적은 없나? 그것과 딱히 다르지 않아. —그런 의미에서 본다면, 나는 지극히 평범한 인간이야."

"—윽!"

시도는 웨스트코트의 말을 듣고 숨을 삼켰다. 전율이 폐부를 가득 채웠다. 본능적인 거부감이 샘솟았다.

아아, 시도는 이제야 웨스트코트에게서 느꼈던 위화감 중 일부를 이해할 수 있었다.

그는 비정상적인 것이 아니다. 미친 것도 아니다. 오히려 그 누구보다도 인간적이었다. 단, 시도와는 전혀 다른 윤리관, 그리고 인간과는 양립될 수 없는 생사관에 입각한 존재인 것이다.

"—자, 이야기가 길어진 것 같군."

웨스트코트는 그렇게 말한 후, 〈벨제붑〉의 페이지를 원뿔 형태로 만들어 팔에 두르더니 그것을 시도의 가슴에 댔다.

"잘 가게, 이츠카 시도. 그리고 타카미야 신지."

"큭……!"

웨스트코트가 그렇게 말하면서 시도의 가슴을 찔렀—.

아니, 찌르려던 바로 그 순간이었다.

"—와앗!"

하늘에서 커다란 목소리가 울려 퍼지며, 주위의 공기가 지진이 일어난 것처럼 뒤흔들렸다.

"""……윽?!"""

아니, 그것은 목소리라기보다 진동병기에 가까웠다. 시도의 손발을 잡고 있던 〈니벨코르〉들의 몸에 경련이 일어나더니, 갑자기 구속력이 약해졌다. 시도의 가슴에 〈벨제붑〉을 찔러 넣으려던 웨스트코트 또한 갑작스러운 충격에 한순간 움직임이 봉쇄된 것 같았다.

"……큭!"

바라마지 않던 기회였다. 그러나 진동에 노출된 것은 시도 또한 마찬가지였다. 어떻게든 이 자리를 벗어나고 싶지만, 몸이 뜻대로 움직이지 않았다.

하지만 다음 순간, 누군가가 시도의 목덜미를 잡고 그대로 쑥 잡아당겼다.

"우왓……?!"

시도는 느닷없이 벌어진 일에 경악했다.

하지만 그는 곧 누가 이런 짓을 한 것인지 눈치챘다.

"달링, 괜찮아요?!"

"……큰일 날 뻔 했네. 완전 간발의 차이였어."

"―미쿠, 나츠미!"

시도는 눈을 크게 뜨고 정령들의 이름을 외쳤다.

그렇다. 후방에서 아군을 서포트하고 있던 미쿠와 나츠미가 이곳에 온 것이다.

아무래도 미쿠가 소리의 천사 〈가브리엘〉로 〈니벨코르〉를 움츠러들게 한 후, 그 틈에 나츠미가 시도를 구한 것 같았다.

"고마워. 덕분에 살았어. 그리고 무사해서 다행이야……!"

"달링도 무사해서 다행이에요~. 그런데, 대체 전황이 어떻게 되어가고 있나요~? 다른 분들과 통신이 두절되었거든요……."

"……그것보다, 저 녀석은 적의 두목 아냐? 두목이라는 작자가 왜 최전선에 나와 있는 건데? 뭐, 그건 시도도 마찬가지지만 말이야."

미쿠와 나츠미가 불안한 어조로 그렇게 말했다. 시도는 주먹을 말아 쥐고 격앙된 목소리로 외쳤다.

"자세한 건 나중에 이야기해줄게! 시원의 정령이 나타났어! 한시라도 빨리 저 녀석을 쓰러뜨리고 다른 애들이 있는 곳으로 가야만 해! 그러니까 도와줘!"

"……예?!"

"뭐……."

미쿠와 나츠미는 시도의 말을 듣고 경악하더니— 이내 그의 말을 이해했는지 시선을 날카롭게 만들었다.

"그렇다면 서둘러야겠네요~. 달링과 다른 분들을 위해 힘 좀 써볼게요~!"

"……또 일이 성가시게 된 거구나. 하아, 어쩔 수 없네. 어디 한번 해보자……!"

그렇게 말한 미쿠는 찬란하게 빛나는 건반을, 그리고 나츠미는 빗자루 형태의 천사를 현현시켰다.

그 모습을 본 웨스트코트는 옅은 미소를 머금었다.

"호오, 〈디바〉와 〈위치〉인가. —기쁜걸. 이츠카 시도의 영력과 함께 손에 넣는다면, 완전한 상태의 세피라를 두 개나 얻게 되겠군."

웨스트코트와 〈니벨코르〉의 발을 묶은 것은 겨우 한순간에 불과했다. 그들은 이미 시도 일행을 향해 전투태세를 취했다.

그런 그들을 경계하듯, 미쿠와 나츠미가 시선을 날카롭게 만들었다.

"아무튼, 저 남자를 쓰러뜨리면 되는 거죠~?"

"……하지만, 저 〈니벨코르〉라는 건 시도가 해치우지 않는 한 무한히 생겨나는 거지? 시도가 졸개들을 해치우는 사이에 우리가 두목을 공격할까? 아니면 〈하니엘〉을 이용해 뒤편에서 확 칼침을 놔버려?"

"—아냐."

시도는 두 사람의 말을 듣고 고개를 저었다.

아군이 늘어난 것은 바람직한 일이지만, 머릿수로 〈니벨코르〉를 당해낼 수 있을 리가 없다.

게다가 웨스트코트는 〈벨제붑〉을 통해 천사에 관해 훤히 꿰뚫고 있다. 미쿠의 〈가브리엘〉과 나츠미의 〈하니엘〉은 확실히 강력한 천사지만, 천사의 힘을 이용한 기습이 통하지 않는다는 것은 아까 시도 본인이 증명했던 것이다.

전지의 마왕 〈벨제붑〉. 그것은 소유자가 원한다면 삼라만상 모든 것을 『알 수 있는』 마왕이다. 잔꾀에 의존하려 했다간, 거꾸로 시도 일행이 궁지에 처할 가능성이 있다.

그것을 타파하려 한다면─ 방법은 아마, 두 가지 뿐이다.

하나는 웨스트코트가 상상조차 할 수 없는 방법으로 공격하는 것이다.

〈벨제붑〉은 이 세상 모든 정보를 모을 수 있는 마왕이지만, 사용자가 원하지 않는 한 그 권능이 발휘되지 않는다. 즉, 웨스트코트가 알려고도 하지 않은 방법으로는 그의 허를 찌를 수 있을 가능성이 있다.

그리고, 또 하나는─.

"……미쿠. 〈가브리엘〉을 연주해주지 않을래? 가장 용맹하고─ 내 신체를 한계까지 강화시켜주는 곡을 들려줘."

"윽! 달링, 그 말은……."

"나츠미도 〈하니엘〉을 〈가브리엘〉로 변화시켜서 같은 곡을 연주해줘."

"……시도, 너……."

시도의 말에 미쿠와 나츠미는 한순간 눈을 동그랗게 떴다. 그리고 시도의 의도를 눈치챈 그녀들은 마른 침을 삼킨 후, 천사를 연주하기 시작했다.

왼쪽에서, 오른쪽에서, 용맹한 음악이 들려왔다.

"……윽!"

시도는 그 연주를 듣고 무심코 숨을 삼켰다.

갑자기 심장이 뛰더니, 뜨거운 피가 온몸의 혈관을 타고 격렬하게 흐르는 느낌이 들었다. 평소에는 다수의 아군에게 들려주는 【행진곡】의 이중주가 단 한 사람에게 집중된 것이다. 효과는 충분히 상상이 되리라.

"―〈니벨코르〉."

하지만 그런 시도 일행을 잠자코 두고 볼 만큼 적도 상냥하지는 않았다. 웨스트코트의 지시에 따라, 백 명 가량 되는 〈니벨코르〉들이 일제히 공격을 시작했다.

"무슨 짓을 해봤자 소용없거든?!"

"너희 셋 다 아버님 앞에서 무릎을 꿇게 만들어주겠어……!"

〈니벨코르〉가 그렇게 외치면서 〈벨제붑 옐레드〉를 원뿔 모양으로 만들더니, 화살처럼 그것을 날렸다. 시도는 날카로운 눈길로 그것을 쳐다보며 크게 외쳤다.

"―〈자드키엘〉!"

그 순간, 세 사람을 감싸듯 얼음 장벽이 형성되더니 수많은 〈벨제붑 옐레드〉가 시도 일행에게 닿기도 전에 막혔다.

하지만 〈니벨코르〉의 무시무시한 점은 절대적인 힘을 지닌 일격이 아니라, 압도적일 정도의 『숫자』다. 한 방 한 방의 위력은 약할지라도 쉴 새 없이 공격이 가해지자, 얼음 표면에 거미줄처럼 균열이 생겼다.

하지만― 괜찮다. 시도도 〈니벨코르〉의 공격을 전부 막아낼 수 있을 거라고는 생각하지 않았다. 두 〈가브리엘〉에 의해 충분한 힘이 축적될 때까지, 두 연주자를 지키기만 하면

되는 것이다.

"흐읍—!"

〈니벨코르〉의 집요한 공격에 의해 〈자드키엘〉로 만든 장벽이 산산조각 났다.

그 순간, 시도는 각오를 다진 것처럼 날카롭게 숨을 내쉬었다. 그리고 오른손에 대검 〈산달폰〉을 현현시킨 후, 지면을 박차며 전방을 향해 몸을 날렸다.

"흥, 드디어 뛰어나왔네!"

"죽어버려……!"

시도의 모습을 확인한 〈니벨코르〉들이 〈벨제붑 옐레드〉를 날렸다.

하지만 시도는 〈자드키엘〉의 장벽을 현현시키지 않았다. 미처 피하지 못한 일부 공격이 그의 팔에, 등에 꽂혔다.

"큭……!"

하지만, 시도는 멈춰 서지 않았다. 방어도, 통증 완화도 하지 않고— 몸을 자동적으로 치유하려 하는 〈카마엘〉의 불꽃마저 최대한 억제하면서, 그저 웨스트코트를 향해 내달렸다.

그러자 기절하고도 남을 만큼 극심한 고통이 온몸에서 느껴졌지만— 그래도 괜찮다.

다른 천사를 현현시킬 여유가, 지금의 시도에게는 없는 것이다.

"〈산달폰〉……!"

시도는 절규를 토하듯 그 이름을 외치며 발뒤꿈치를 지면에 박아 넣었다.

그러자, 그 외침에 호응하듯 대지가 뒤흔들리더니—.

거대한 황금색 옥좌가 모습을 드러냈다.

대검 〈산달폰〉의 검집인, 왕좌(王座). 시도는 그것을 처음으로 현현시켰다.

"아니……?"

웨스트코트는 희미하게 미간을 찌푸렸다.

—시도는 외쳤다.

그 위대한 검의, 고귀한 이름을…….

"—【최후의 검】!"

그 순간, 시도가 소환한 옥좌에 금이 가더니, 여러 개의 파츠로 분해되어 시도가 쥔 검에 휘감기듯 달라붙었다.

그리고 인간이 쥐기에는 너무나도 거대한 검을 만들어냈다.

시도는 한계를 뛰어넘은 고통에 뇌가 타들어가는 듯한 느낌을 받으면서도, 웨스트코트를 향해 그 검을 휘둘렀다.

"—우오오오오오오오오오오오오오오오오오오!"

그렇다. 이것이 바로 웨스트코트를 타도할 수 있는, 또 하나의 방법이었다.

—설령 알고 있더라도 절대 막아낼 수 없는, 혼신의 일격을 날린다.

그리고 시도가 아는 최강의 일격이란, 토카가 지닌 이【할반 헤레브】인 것이다……!

눈부신 영력의 빛이 웨스트코트를 삼키더니, 그대로 대지를 갈랐다.

"후— 하하, 하하하하하하하하하……!"

자신을 향해 밀려오는 절대적인 힘의 파동을 본 웨스트코트는 웃음을 터뜨렸다.

영력의 응집체가 시야를 가득 채우며 날아왔다. 인간이면서도 정령의 힘을 사용할 수 있는 이츠카 시도의, 아마 최대최강의 일격이리라.

세피라를 빼앗기만 하면 이 힘이 자신의 것이 된다는 고양감. 그리고 자신에게 죽음이 닥쳐오고 있다는 사실에서 비롯된 흥분이 웨스트코트의 뇌를 쾌락물질로 가득 채웠다.

확실히 시도의 생각 자체는 틀리지 않았다. 천사의 권능을 완전히 파악하고 있는 웨스트코트에게 기습은 의미가 없다. 그렇다면 전력을 다한 일격으로 상대의 방어를 꿰뚫어 해치워버리는 것이 심플하면서도 최선의 선택지라 할 수 있으리라. 또한 웨스트코트가 가진 능력으로는 이 공격을 막아낼 수가 없다.

하지만—.

"자네는 『알고 있다』라는 것의 무시무시함을 제대로 이해하지 못한 것 같군."

웨스트코트가 그렇게 중얼거린 순간—.

"아버니이이이이임!"

주위에 있던 〈니벨코르〉들이 웨스트코트를 지키기 위해 모여들었다.

물론 유사 정령에 지나지 않은 〈니벨코르〉가 저 최강의 일격을 견뎌낼 수 있을 리가 없다.

【할반 헤레브】에 닿은 〈니벨코르〉들이 순식간에 빛으로 변하며 사라졌다.

하지만 〈니벨코르〉의 힘은 『숫자』다. 〈벨제붑〉이 존재하는 한, 〈니벨코르〉는 죽더라도 부활할 수 있다. 방대한 숫자의 〈니벨코르〉들이 웨스트코트 앞에서 몇 겹이나 되는 벽을 만들었다.

그리고— 웨스트코트는 『알고 있다』.

〈프린세스〉가 펼친 이 일격을…….

이 절대적인 일격의 효과범위를…….

최고 위력을 유지할 수 있는 시간을…….

"흐읍—!"

웨스트코트는 〈니벨코르〉가 그 공격을 저지하는 사이, 다른 〈니벨코르〉들에 의해 왼편으로 몸을 피했다.

물론 전혀 대미지를 받지 않은 것은 아니다. 방대한 영력은 몸을 피한 웨스트코트의 손을, 발을 불태웠다.

하지만— 웨스트코트는 살아남았다.

그리고 그는 여전히 〈벨제붑〉을 쥐고 있었다.

이윽고, 맹위를 떨치던 영력의 격류가 사라졌다.

"후…… 하하, 하하하하하하하!"

웨스트코트는 웃음을 터뜨렸다.

이츠카 시도에게는, 이제 웨스트코트에게 맞설 방법이 남아있지 않았다.

정령의 힘을 건 이 승부는, 웨스트코트의 승리로 끝나게 된 것이다.

하지만—.

"…………그래. 너라면 분명 피할 거라고 생각했어."

"—뭐?"

흙먼지 너머에서 시도의 목소리가 들려오자, 웨스트코트는 희미하게 눈썹을 찌푸렸다.

"—〈벨제붑〉을 손에 넣는다면, 가장 먼저 천사가 지닌 힘을 조사해보겠지. 게다가 원래 소유자가 아닌 내가 쓰니까 위력 또한 떨어질 거야. —하지만 말이야."

바람이 불자, 자욱한 흙먼지가 걷혔다.

그러자, 두 손을 모아 허리춤에 댄 시도의 모습이 드러났다.

"**이것**도 과연 『알고』 있을까? 조사했어? 응? 모르는 게 없다는 웨스트코트……!"

시도는 그렇게 외치더니, 웨스트코트를 쳐다보면서 입을 열었다.

"순—섬—."

"뭐……?"

웨스트코트는 그 어구에 미세하게나마, 확실히 눈썹을 찌푸렸다.

처음 듣는 말이었다. 천사의 이름이 아니다. 주문? 마술? 기도? 아니면—.

"굉—폭—."

웨스트코트는 한순간 당혹감에 사로잡혔다.

그것은 웨스트코트가 적의 힘을 철저하게 조사해서 전부 파악하고 있기에 생겨난, 찰나의 빈틈이었다.

시도는 눈을 치켜뜨면서 두 손을 앞으로 내밀었다.

"파아아아아아아아아아아아아아——!"

다음 순간—.

"아니—?!"

어마어마한 영력의 격류가…….

그야말로 미지의 공격이—【할반 헤레브】로 피폐해진 웨스트코트를 집어삼켰다.

"──."

실이 끊어진 것처럼 몸에서 힘이 빠져나간 시도는 그대로 그 자리에 무너지듯 쓰러졌다.

"달링!"

"시, 시도……!"

뒤편에서 시도의 이름을 부르는 목소리가 들려왔다. 그 뒤를 이어, 누군가가 시도의 몸을 상냥히 안아들었다.

"아…… 미쿠, 나츠미. 미안해……. 좀…… 무리한 것 같아."

【좀 무리한 정도가 아니잖아요! 완전히 엉망이 됐단 말이에요~!】

미쿠는 눈물을 글썽거리면서 그렇게 외쳤다. 그 목소리에 〈가브리엘〉의 영력이 담겨 있었는지, 온몸에서 느껴지던 극심한 통증이 점점 완화됐다.

"고마워……. 이제 괜찮아."

"앗, 달링!"

"잠깐…… 괜찮은 거야?"

시도는 미쿠와 나츠미에게 부축을 받으면서 몸을 일으킨 후, 후들거리는 발걸음으로 완전히 파괴된 지면 위를 걸었다.

이윽고─ 3분의 1 정도가 손상된 〈벨제붑〉, 그리고 건물 파편에 등을 맡긴 채 주저앉아 있는 웨스트코트의 모습이 눈에 들어왔다. 그가 입은 검은색 양복은 넝마가 되었으며, 온몸에서 피가 배어나오고 있었다. 그야말로 만신창이라 해

도 과언이 아닌 모습이었다.

"……호오."

하지만 웨스트코트는 고통을 전혀 느끼지 않는 듯한 표정으로 눈을 깜빡이더니, 시도를 쳐다보며 입을 열었다.

"당해버린 것 같군. 여기가 내 종착점인가. 흠…… 의외로 허탈한걸."

"……너—."

시도는 그 모습을 보고, 방금까지 잊고 있었던 감정이 활활 타오르는 듯한 느낌을 받았다.

이제 웨스트코트에게는 저항할 힘이 없다. 시도가 천사로 공격하면, 지금 바로 그의 숨통을 끊을 수도 있을 것이다.

그 점을 자각한 순간, 시도의 안에 있는 타카미야 신지의 분노가 꿈틀거리기 시작했다.

사랑한 이를 상처 입힌 자를 향한 원한. 여동생을 납치한 자를 향한 원념. 자신을 죽인 자를 향한— 증오.

시도의 내면에서 되살아난 타카미야 신지의 기억이, 눈앞의 남자를 향해 어마어마한 살의를 내뿜었다.

"……."

시도는 또 한 명의 자신에게 조종당하듯, 오른손을 천천히 들어올렸다.

그리고 아무 말 없이, 그 손에 천사를 현현시켰다.

"앗! 달링!"

"시도……!"

시도가 뭘 하려는 건지 눈치챈 미쿠와 나츠미가 그의 이름을 외쳤다.

하지만— 이미 늦었다. 시도는 그대로 치켜든 손을 휘둘렀다.

—웨스트코트의 곁에 있던, 〈벨제붑〉을 향해서 말이다.

"……〈미카엘〉— 【세그바】."

그리고 손에 쥔 천사— 〈미카엘〉을 비틀었다.

그러자 〈벨제붑〉에서 뿜어져 나오던 영력이 잦아들더니, 주위에 흩어져 있던 수많은 종이가 빛의 입자로 변해 사라졌다.

이것으로, 일시적이나마 〈벨제붑〉의 힘을 봉인했다. 웨스트코트를 무력화시켰다고 해도 과언이 아니리라.

미쿠와 나츠미는 그 광경을 보고 안도의 한숨을 내쉬었다.

"정말…… 깜짝 놀랐잖아요~."

"……응. 확 죽여 버리는 줄 알았어."

시도는 두 사람의 말을 듣고 가늘게 숨을 내쉬었다.

"……응. 죽여 버리고 싶어. 사실 마지막 공격은 저 녀석이 죽어도 괜찮다고 생각하며 날린 거야."

"마지막……."

"아, 그 순섬 뭐시기……."

시도는 어험 하고 헛기침을 한 후 말을 이었다.

"뭐라고 말하면 좋을지 모르겠지만…… 그래서는, 안 돼.

나는, 이 녀석들과 똑같은 인간이 되고 싶지 않아. 신에게는 미안하지만…… 말이야."

"달링……."

"……뭐, 그걸로 된 거 아니겠어?"

시도는 두 사람의 말을 듣고 고개를 끄덕였다.

그때, 웨스트코트가 휴우 하고 한숨을 토하는 소리가 들렸다.

"괜찮겠나? 이런 기회는 두 번 다시 찾아오지 않을 텐데 말이야."

"시끄러워. 패배자가 왈가왈부하지 말라고."

"하하, 마치 엘리엇 같은 소리를 하는걸. ……유감이군. 죽음이라는 감각에도 흥미가 있었는데—."

—바로 그때였다.

웨스트코트가 갑자기 말을 멈췄다.

아니, 말을 할 수 없게 됐다— 는 것이 정확한 표현일 것이다.

눈 깜짝 할 사이에 세계가 흑백으로 변하더니, 웨스트코트의 가슴에서 회색빛을 내뿜는 결정체가 떠올랐다.

"앗……?!"

시도는 경악을 금치 못하며 눈을 치켜뜨고 주위를 둘러보았다.

명백하게 비정상적인 광경이었다. 방금까지 주위에 펼쳐져 있던 폐허가, 흰색과 검은색으로 구성된 기하학적인 공간으로 변모된 것이다.

"어……?"

"아—."

뒤이어 미쿠와 나츠미의 목소리가 시도의 등 뒤에서 들려왔다.

한순간 그녀들도 완전히 변해버린 세계를 보고 놀란 것이라고 생각했지만— 그렇지 않았다.

시도는 곧 지면에서 빛의 띠 같은 것이 튀어나와 미쿠와 나츠미의 가슴을 그대로 꿰뚫었다는 사실을 알아차렸다.

"……윽?! 미, 미쿠, 나츠미……?!"

시도가 당황한 목소리로 그렇게 외쳤을 때, 그녀들의 가슴에서도 찬란히 빛나는 세피라가 나오더니— 웨스트코트의 세피라와 함께 허공을 가르며 어딘가로 날아갔다.

그 후 미쿠와 나츠미는 실이 끊어진 인형처럼 그 자리에서 쓰러졌다.

"어, 어이! 둘 다 왜 그……래……."

두 사람의 몸을 흔들던 시도는 이내 말문이 막혔다.

몇 초 전까지만 해도 평범하게 이야기를 나눴던 두 사람이— 말 못하는 시체가 되어버린 것이다.

"뭐…… 뭐가, 어떻게 된 거야……?!"

"—신."

바로 그때였다.

시도의 말에 답하듯, 어둠 속에서 한 소녀가 모습을 드러냈다.

"⋯⋯윽! 미, 오—."

그렇다. 장엄한 영장을 걸친 정령, 타카미야 미오가 어느새 모습을 드러낸 것이다.

정확하게 말하자면, 미오의 모습은 아까 봤을 때와 미묘하게 달라져 있었다.

그녀의 등 뒤에 존재하던 열 개의 별이 눈부신 빛을 내뿜고 있었다. 아까까지만 해도 딱 하나만 빛나고 있었는데 말이다.

"⋯⋯큭."

최악의 상상이 시도의 뇌리를 스치고 지나갔다. 하지만 물어볼 수밖에 없었다. 시도는 구역질을 참는 듯한 표정을 지으며 말을 이었다.

"다, 다른 애들은⋯⋯."

"⋯⋯."

시도의 물음에 미오는 천천히 손을 앞으로 내밀었다.

그러자 그녀의 등 뒤에서 찬란히 빛나고 있던 열 개의 별 하나하나에서 아름다운 세피라가 모습을 드러냈다.

"아니—."

미쿠와 나츠미에게 방금 일어난 일을 본 시도는 그것이 무엇을 의미하는지, 슬프게도 이해하고 말았다.

바로 모든 정령들이— 죽음을 맞이한 것이다.

"아, 아……."

—늦었, 다.

시도는 반쯤 무의식으로 자신의 목에서 흘러나오는 목소리를 느꼈다.

상황을 이해한 뇌부터, 차례차례 절망에 침식되어 가는 느낌이 들었다. 시야가 흐릿해졌다. 손가락 끝이 떨렸다. 온몸에서 힘이 빠지더니, 몸을 일으키는 것조차 힘들었다.

"—준비는 끝났어."

하지만 미오는 그런 시도와는 대조적으로, 차분한 목소리로 말했다.

"이제 쭉 같이 있을 수 있어. —신."

◇

"……이 이공간은 대체 뭐죠?"

전장으로 변한 텐구시 상공에 떠 있는 〈라타토스크〉 공중함, 〈울무스〉.

그 함교에서, 원탁회의 의장 대리 카렌 메이저스는 차분하면서도 날이 선 목소리를 냈다.

안 그래도 혼전이 벌어지고 있는 가운데, 느닷없이 관측기가 시원의 정령의 것으로 추정되는 영파 반응을 감지한 것이다.

그리고 그 뒤를 이어 정체불명의 천사와 이공간이 모습을 드러냈고, 그 주위에서는 적아군 가리지 않고 모든 위저드, 자동인형, 그리고 공중함의 반응마저 사라졌다. 게다가 그 중에는 적의 기함인 〈레메게톤〉도 포함되어 있었다.

현재 상황만 본다면, 비정상적인 사태가 벌어지기는 했지만 〈라타토스크〉가 승리했다 말할 수 있을 것이다.

하지만 사태는 그렇게 단순하지 않았다.

〈라타토스크〉의 핵심이라 할 수 있는 이츠카 시도의 반응이 사라진 데다. 이쪽의 기함인 〈프락시너스〉까지 천사에게 격침당한 것이다.

그에 따라 전장은 기이한 형태로 변했다. 즉, 서로가 킹 없이 체스를 두고 있는 형국이었다.

DEM 측도 이제 뭘 어쩌면 좋을지 모르는 상황일 것이다. 웨스트코트가 당했다는 사실을 알고 그의 원수를 갚으려 할 가능성도 없지는 않지만― 적이 눈앞에 있으니 싸워야 한다는 단순한 행동원리에 따름으로써, 공황 상태에 빠지는 것을 피하려 하고 있다는 표현이 적절할지도 모른다. 카렌이 보기에는 양쪽 다 공황 상태나 다름없지만 말이다.

이런 짓을 계속하다간, 그저 양측의 전력이 피폐해질 뿐이다. 카렌은 어떻게든 현재 상황을 파악하기 위해, 타성적으로 전투를 계속 치르면서도 직접 이공간을 해석하고 있었다.

하지만 조사하면 할수록 영문을 알 수가 없었다.

천사를 중심으로 형성된 결계 같은 공간이라는 사실은 파악했지만, 그것을 조성하고 있는 영자(靈子)의 속성이 점점 변하고 있었다. 또한 잠시만 한눈을 팔아도 방금까지와 전혀 다른 공간으로 변했다.

코끼리와 개미만큼 규모가 다르지만, 굳이 표현하자면 위저드가 사용하는 테리터리와 흡사—.

"—설마, 『인계』?"

카렌이 낮은 목소리로 그렇게 중얼거린 순간, 인근 좌석에 앉아 있던 승무원이 갑자기 입을 열었다.

"이건—."

"왜 그러죠?"

"아, 예. 〈프락시너스〉가 사출한 자율형 카메라의 회선을 이용해 이공간 내부의 영상을 외부에서 조사하고 있습니다만…… 그 영상에 정령의 사체가……!"

"뭐라고요?"

카렌은 미간을 찌푸리며 그 승무원의 개인 모니터를 바라봤다.

그의 말대로 여러 정령들이 지면에 쓰러져 있었다. 그중에는 〈프락시너스〉의 함장인 이츠카 코토리도 있었다.

"큭……."

카렌은 작게 숨을 내쉬었다.

토키사키 쿠루미, 야마이 카구야, 유즈루 자매가 시원의 정령에게 당한 사실은 확인했다. 하지만, 설마 이렇게 짧은 시간 동안 모든 정령이—.

"……잠깐만요. 영상은 이게 전부인가요?"

"아, 예. 적어도 지금 확보된 것은 이게 다입니다만……."

"……."

카렌은 승무원의 말을 듣고 턱에 손을 댔다.

단순히 잘못 본 것일지도 모른다. 혹은, 아직 시원의 정령과 조우하지 않았을지도 모른다.

하지만 분명— 영상에 비친 사체의 숫자는, 이공간 안에 들어간 정령의 숫자보다 **하나 모자랐다.**

◇

—하늘, 하늘, 흔들리며…….

—빙글, 빙글, 돌고 있다.

어디가 위쪽이고, 어디가 아래쪽인지 알 수 없는, 공허한 공간. 미지근한 물에 몸을 담그고 있는 듯한 평온함과, 어둠에 빨려 들어가고 있는 듯한 불안감이 불가사의하게 공존하고 있었다.

아니— 공허한 것은 공간만이 아니다.

자신의 몸이, 자신의 것이 아닌 듯한 느낌이 들었다. 긴장을 풀었다간 손이, 발이, 세계에 녹아들 것 같은 위화감이 느껴졌다.

그것은 공포이자, 달콤한 유혹이기도 했다. 금방이라도 잠에 빠져들 것만 같은, 거부할 수 없는 쾌감이 몰려왔다. 의식을 잃는다는 것은 알고 있는데도, 무심코 그 쾌감에 몸을 맡기고 싶었다.

'……으, 아…….'

하지만, 토카의 머릿속 깊은 곳에서 꿈틀거리고 있는 무언가가 그것을 거부했다.

—안 된다. 안 된다. 그래선, 안 된다.

그 감각에 몸을 맡기면, 전부 끝나고 만다. 두 번 다시, 눈을 뜰 수 없으리라.

하지만, 그것을 알고 있는데도, 졸음에 가까운 감각이 토카의 의식을 사로잡은 채 놔주지 않았다. 상냥한 악마의 손짓이, 서서히 토카의 자아를 침식—.

'—이대로 빠져들 것이냐. 뭐, 그것도 나쁘지는 않겠지.'

그 순간, 어딘가에서 목소리가 들려왔다.

토카는 그 목소리를 듣고 눈을 떴다.

'……윽—!'

방금까지 느껴지던 졸음이 완전히 사라져버린 것처럼 의식이 확연해졌다. 방금까지 공간에 녹아 들어갈 것만 같던 손발의 감각까지 되돌아왔다.

하지만 그것은 이 공간의 기묘함을 더욱 부각시키는 결과를 낳았다.

아무리 둘러봐도 여기가 어디인지— 아니, 『무엇』인지 알 수 없었다.

아무것도 보이지 않는 것 같으면서도, 머나먼 곳까지 보이는 듯한, 그런 불가사의한 공간이었다. 굳이 따지자면, 예전에 공간진을 일으키며 이쪽 세계에서 눈뜨기 직전에 느꼈던 감각과 비슷한 것 같았다.

—하지만 딱 하나, 이곳에는 명확한 정보가 있다. 토카는 둥실거리는 몸을 어찌어찌 제어하면서 목소리가 들린 방향을 쳐다보았다.

'아니……'

그리고 그곳에 있는 소녀를 보더니 눈을 치켜뜨며 경악했다.

주위로 흩날리고 있는 칠흑빛 머리카락.

조용히 토카를 응시하고 있는 수정 같은 눈동자.

그렇다. 저 소녀의 얼굴은— 토카를 쏙 빼닮았다.

'너, 너는 대체……'

토카가 어리둥절해하면서 그렇게 묻자, 그녀는 훗 하고 코웃음을 치면서 대답했다.

'내 이름 말이냐. 그런 건 없다. ─굳이 따지자면, **나는, 너다.**'

'나……?'

토카는 그녀의 대답을 듣고 더욱 당혹스러운 표정을 지었다.

하지만 그녀의 말을 농담으로 치부할 수는 없었다. 그녀는 타인이라고 하기에는 토카를 너무 닮았던 것이다. 야마이 자매보다도 더 말이다.

'대체 뭐가 어떻게 된 것이냐……. 이건 꿈이냐?'

'꿈, 이라……. 흠, 비슷한 거라고 할 수 있겠지. 네 머릿속이 아니라 그 여자의 안이라는 차이점은 있지만 말이다.'

'그 여자─?'

토카는 그 말을 듣고 어깨를 부르르 떨었다.

방금 그 말을 기점으로, 고구마 덩굴처럼 기억이 되살아난 것이다.

그렇다. 토카는 정령들과 함께 미오와 싸웠으며─ 그리고, 졌다.

'다른…… 다른 애들은 어디 있는 것이냐?! 내가 여기 있는 걸 보면, 다른 애들도 여기에 있는 것이냐?!'

토카는 다시 주위를 둘러보면서 물었다. 다른 정령들도 토카와 마찬가지로 세피라를 미오에게 흡수당했다. 토카가 ─ 적어도 그녀의 의식이 ─ 여기에 있는 것을 보면, 다른 이들도 이곳에 있어도 이상하지 않으리라.

바로 그때, 토카는 자신의 설명이 부족했다는 사실을 눈치챘다. 토카와 똑같이 생겼고, 토카가 모르는 점도 알고 있으니, 저 소녀라면 자신의 말을 전부 알아들을 거라고 생각한 것이다.

'아, 다른 애들이 누구냐면—.'

'다른 정령들 말이냐?'

'그, 그래! 알고 있느냐?!'

토카가 눈을 동그랗게 뜨자, 그녀는 작게 숨을 내쉬며 말을 이었다.

'—일전에 눈을 뜬 후로, 때때로 네 눈을 빌려 세계를 살펴봤지.'

'음……? 눈……?'

토카는 그녀가 한 말을 이해하지 못하고 고개를 갸웃거렸다.

하지만 그녀는 억지로 설명할 필요가 없다는 듯이 고개를 저은 후, 아까 질문에 대답했다.

'여기에 있는 건 너뿐이다. 다른 이들은 그 여자에게 세피라를 빼앗기고 인간으로서 죽음을 맞이했지. 그 여자의 안에 있는 것은 어디까지나 세피라뿐이다.'

'……윽!'

토카는 그녀의 말을 듣고 숨을 삼켰다.

다른 이들이 죽었을 거라는 생각을 하지 않았던 것은 아니다. 토카는 미오에게 당한 정령들이 차가운 땅바닥에 쓰러지는 광경을 두 눈으로 똑똑히 봤던 것이다.

하지만 그 사실을 다시 접한 순간, 토카는 심장이 으스러지는 듯한 고통을 느꼈다.

그러다 곧 눈앞에 있는 소녀가 한 말에서 위화감을 느꼈다. 토카는 눈썹을 찌푸리면서 물었다.

'인간으로서……? 그게 무슨 소리냐. 그녀들 중 몇 명은 원래 인간이었다만…… 요시노와 카구야, 유즈루, 나츠미는 나와 마찬가지로 정령이란 말이다.'

'그렇지 않다. 그 여자 이외에 정령이라 불리는 존재는 그 여자에게서 세피라를 받은 인간에 불과하지. —딱 한 명의 예외를 제외하고 말이다. 지금 네가 언급한 이들은 수십 년 전에 정령이 되어서, 인간일 적의 기억을 잃었을 뿐이다.'

'뭐—?!'

토카는 무심코 눈을 치켜떴다.

모든 정령이— 원래 인간이었다.

그러고 보니 예전에 니아가 비슷한 말을 했지만, 그 진의는 확실하지 않았다. 게다가 토카는 자신이 인간이었을 적의 기억이 없었기 때문에 전혀 실감이 나지 않았다.

하지만, 만약 그녀의 말이 진실이라면 이상한 점이 하나 있었다.

'그렇다면…… 나는 어째서 살아있는 거지? 나도 그중 한 명이지 않느냐!'

그렇다. 토카도 다른 이들과 마찬가지로 미오에게 가슴을 꿰뚫렸다.

그렇다면 토카 또한 다른 이들과 마찬가지로 인간으로서 죽음을 맞이해야만 하는 것이다.

'그건—'

그녀는 토카의 말을 듣고 눈을 가늘게 뜨면서 간결하게 그 이유를 말해줬다.

'—!'

토카는 그 말을 듣고 눈을 크게 떴다.

하지만— 이내 입술을 꾹 다물고 주먹을 말아 쥐었다.

'……흐음?'

그런 토카를 본 그녀의 눈썹이 살짝 꿈틀거렸다.

'동요할 줄 알았더니, 의외로 순순히 받아들였구나.'

'……음. 아니, 동요하기는 했다. 하지만…… 만약 그게 사실이라면, 지금은 그 사실에 감사하고 싶은 심정이다.'

'호오……?'

그녀는 흥미롭다는 듯이 눈을 가늘게 떴다. 토카는 두 눈을 결의로 가득 채우고 고개를 들었다.

'—나는, 이렇게 살아있다. 그리고 살아있으니— 더, 싸울 수 있지.'

토카가 그렇게 말하자, 그녀는 슬며시 코웃음을 쳤다.

'그렇겠지. —하지만 적은 네 어머니다. 설령 싸우더라도,

상대가 되지 못할 테지. 겨우 몇 분 정도 시간을 버는 게 고 작일 거다. 그리고 죽음의 고통을 또 맛보게 될 걸? 아니…… 그 여자도 이번에는 실수를 하지 않을 거다. 다음에는 너의 단편적인 의식도 남지 않도록 철저하게 지워버리겠지.'

그녀는 위협을 하는 듯한 어조로 그렇게 말했다.

하지만 토카는 단 한순간도 망설이지 않고 고개를 저었다.

'—상관없다. 몇 분 정도라도 시간을 벌 수 있다면 시도만 이라도 도망칠 수 있을지도 모르지. 아니면 이 상황을 타개 할 방법을 그가 찾아낼지도 모른다. —내 목숨을 걸기에 충 분한 희망이야.'

'호오, 하지만 네가 죽는다는 건 나 또한 소멸한다는 걸 의미한다. 나는 너니까 말이다.'

'뭐…… 그, 그러냐? 그건…… 으음……, 미안하다. ……하 지만 너도, 내가 싸우는 것을 바라지 않느냐?'

'호오? 왜 그렇게 생각하지?'

그녀는 토카의 눈을 들여다보며 고개를 갸웃거렸다. 토카 는 그런 그녀를 마주 보면서 대답했다.

'—그야, 너는 나에게 말을 걸었지 않느냐.'

'——.'

토카의 말에 그녀의 눈썹이 한순간 흔들리더니— 이내 못 참겠다는 듯이 웃음을 터뜨렸다.

'후, 하하. 그래. ……음, 맞는 말이다.'

어째서일까. 토카는 그 얼굴을 보며, 아아, 이 소녀도 웃는구나— 같은 생각과 함께 감회에 젖어들었다.

그녀는 웃음을 흘리면서 두 손을 펼치더니, 토카의 어깨를 안아줬다.

'—그럼 가거라, 나 자신이여. 마음껏 날뛰고 와라.'

'……음. 고맙다, 나 자신.'

그녀는 옅은 미소를 지은 후, 토카에게서 떨어지며 그녀의 등을 살며시 밀어줬다.

◇

"거짓……말……."

입으로는 부정을 했지만, 시도는 그대로 무너지듯 무릎을 꿇을 수밖에 없었다.

"……아, 아……."

시도의 목에서 한줌의 기운도 느껴지지 않는 목소리가 흘러나왔다.

바로 그때, 시도가 쳐다보고 있는 지면에 그림자가 드리워졌다.

—어느새 미오가 시도의 눈앞까지 다가온 것이다.

"……신."

미오는 자애와 슬픔으로 가득 찬 목소리로 시도를 부르며

그의 볼을 상냥히 쓰다듬었다.

"……미안해. 너를 슬프게 할 생각은 없었어."

하지만, 하고 미오는 말을 이었다.

"괜찮아. 곧— 그 슬픔은 사라질 거야. 신은 나 이외의 정령을 알지 못하는걸. 이 죄는, 나만의 것이야. 그러니 신은 더 이상 자신을 탓하지 마."

"나, 는……."

시도는 너무나도 가녀린 목소리로 입을 열며 미오의 얼굴을 응시했다.

—신성한 빛을 온몸에 두른, 여신 같은 소녀.

방금까지만 해도, 그녀를 막아야만 한다고 생각했다. 『시도』로서의 기억이, 지금까지 살아온 인생이 지워지는 것은 싫다고 생각했다. 다함께 살아남겠다고 굳게 결심했다.

하지만 지금은 아무래도 상관없다는 생각만이 들었다.

설령 미오에게서 살아남더라도, 무슨 의미가 있단 말인가.

시도가 돌아오기를 기다려주는 정령이, 이제 단 한 명도 남아있지 않은 것이다.

"……."

몸이 찢겨져 나가는 듯한 절망에서 해방될 수만 있다면, 미오에게 몸을 맡기는 편이 낫지 않을까—.

시도 본인 또한 최악의 생각이라는 것은 알고 있다. 하지만 마음속에 되살아난 신의 기억이 영향을 미치는 것인지,

그런 생각을 떨쳐낼 수가 없었다.

"……신."

미오의 손이, 시도의 머리에 닿았다.

"아……."

시도는 그 손을 쳐낼 수…… 없었다.

육체도 한계에 도달했지만, 그것보다 그의 마음이 저항을 할 기력을 잃은 것이다.

"음—."

미오는 눈을 가늘게 뜨고, 손에 힘을 줬다.

'——.'

그러자 시도의 의식이 점점 흐릿해졌다.

'—도—.'

고통은 느껴지지 않았다. 오히려 봄의 따뜻한 햇살을 쬐면서 졸고 있는 것처럼 기분이 좋았다.

'—시도—.'

아아, 정말 평온한 죽음—.

『시도!』

—바로 그때였다.

"……윽?!"

갑자기 어딘가에서 자신을 부르는 목소리가 들린 듯한 느낌에 시도는 눈을 크게 떴다.

한순간, 환청을 들었다고 생각했다.

하지만, 뒤이어 눈에 들어온 광경이 그 생각을 부정했다.

"아니—."

"……뭐야?"

시도가 숨을 삼킨 순간, 미오의 눈썹이 희미하게 떨렸다.

하지만 그러는 것도 무리는 아니었다. 미오의 등 뒤에서 빛나고 있는 열 개의 별 중 하나에 금이 갔기 때문이다.

『—오오오오오오오오!』

다음 순간—.

미오의 영장 중 일부가 내부에서 찢겨져 나가듯 터지더니— 그 안에서, 〈산달폰〉을 쥔 토카가 튀어나왔다.

토카는 시도의 목덜미를 잡고 그대로 미오에게서 떼어낸 뒤, 몸을 날려 그녀와 거리를 벌렸다.

그리고 시도를 지키려는 듯이 그의 앞에 서서, 힘찬 목소리로 말했다.

"시도! 무사하느냐?!"

"토카……?!"

"아직 아무것도 끝나지 않았다. —자! 일어서라, 시도!"

시도가 경악으로 물든 목소리로 이름을 외치자, 토카는 힘차게 고개를 끄덕였다.

단장(斷章)/5 Ocean

"……이제 됐어?"

"아직이야. 조금만 더 가면 돼."

미오는 어둠속에서 신지와 손을 맞잡은 채 걸음을 옮기고 있었다.

하지만 두 사람은 빛이 닿지 않는 동굴 안으로 들어온 것도, 가로등이 없는 어두운 밤길을 걷고 있는 것도 아니었다. 그저 신지가 미오에게 잠시 동안 눈을 감고 있어달라고 부탁했을 뿐이다.

미오는 시각이 차단된 채 걸음을 옮기고 있지만, 불안이나 공포를 느끼지 않았다. ―신지가 미오의 손을 꼭 잡고 있기 때문이리라.

정말― 신기한 느낌이다.

손가락으로, 손바닥으로, 신지의 존재를 느꼈을 뿐인데,

당연히 느껴야 할 걱정이나 우려가 단숨에 사라지고 마는 것이다.

정말 기묘하고, 근거 없는 감각이다. 하지만 미오는 그 감각이 너무나도 기분 좋게 느껴졌다. 미오는 그 점 또한 신기하게 느껴졌다.

"—자. 이제 됐어, 미오."

바로 그때, 신지가 걸음을 멈추면서 그렇게 말했다.

"응—."

미오는 고개를 살며시 끄덕인 후, 감고 있던 눈을 천천히 떴다.

그러자 다음 순간, 눈부신 빛이 어둠에 익숙해져 있던 미오의 두 눈을 자극했다.

그리고, 새하얀 세계가 점점 선명해지더니—.

그것이, 미오의 시야를 가득 채웠다.

"—와아……."

미오는 무심코 감탄을 터뜨렸다.

가장 먼저 눈에 들어온 것은, 한눈에 다 들어오지 않을 정도의 푸른색이었다.

하늘, 그리고 하늘 못지않게 넓고, 쉴 새 없이 물결치고 있는 푸른 평원.

눈부신 햇살. 물이 밀려들어 왔다 빠져나가며 자아내는 파도 소리. 코를 자극하는 강렬한 냄새.

그렇다. 그것은 바로―.

"―바다."

눈앞에 존재하는 다양한 요소와 머릿속의 정보를 대조한 미오는 그렇게 말했다.

그러자 신지는 고개를 끄덕이며 미소 지었다.

"응. 전에 보고 싶다고 말했었지?"

"아……."

미오는 그 말을 듣고 떠올렸다. 신지에게 거둬지고 얼마 지나지 않았을 즈음, 서적과 영상을 통해 지식을 흡수하던 미오는 지구의 7할 가량을 점유하고 있다는 이 인상적인 환경에 매우 흥미를 가졌던 것이다.

하지만, 신지가 그 말을 기억하고 있을 거라고는 생각도 못했다. 미오는 가슴이 옥죄어드는 듯한 느낌을 받았다.

"―정말 기뻐. 고마워, 신."

"으, 응……. 네가 기뻐해주니 나도 기뻐."

신지는 미오의 감사 인사에 멋쩍은 듯이 볼을 붉히면서 웃었다.

미오는 그런 신지를 향해 미소 짓더니, 모래사장을 향해 뛰어갔다.

"아, 미오!"

"후후―."

신지의 외침을 들으며 신발을 벗은 미오가 첨벙 하는 소리를 내며 바다에 발을 집어넣었다.

지식으로서는 비교적 빠른 단계에 습득한 정보다. 분명 『바다』에 관한 질문을 받는다면, 평범한 사람들보다 더 상세하게 설명할 수 있을 것이다.

하지만 머릿속의 지식과 지금 오감을 통해 느끼고 있는 것은 존재감이, 디테일이, 명백하게 달랐다.

차가운 물의 감촉, 발이 쑥 파고드는 모래. 정기적으로 생겨나는 파도는 어마어마한 힘의 일부처럼 느껴졌다.

"아아—."

—정말, 기분 좋아.

미오는 하려던 말의 뒷부분을 입에 담지 못했다. 그녀는 기지개를 켜듯 두 손을 들고 몸을 젖혔다.

태어난 지 얼마 안 된 미오에게 있어, 그 모든 것은 새로운 경험이었다. 눈, 귀, 코, 혀, 피부가 느끼는 자극이 말로 형용할 수 없는 쾌감이 되어 미오를 감쌌다.

아니— 그것만이 아니었다.

미오는 만면에 미소를 지으면서 천천히 돌아서더니, 모래사장에 있는 신지를 향해 두 손을 펼쳤다.

"신!"

그 말과 동작을 보고 미오의 의도를 눈치챈 신지는 한순간 놀란 것처럼 눈을 동그랗게 떴지만, 이내 쓴웃음을 지으면서 신발을 벗고 바다에 걸어 들어갔다.

"후후—."

미오는 신지가 자신의 곁으로 오자, 한 걸음 내디디면서 두 손으로 신지의 두 손을 움켜잡았다.

"우왓, 미오……?"

미오가 느닷없이 그런 행동을 취하자, 신지는 당황했는지 눈을 동그랗게 떴다.

하지만 미오는 개의치 않고 신지의 손을 잡은 채 댄스라도 추듯 빙글빙글 돌기 시작했다.

"—아아, 아아. 정말 멋져."

그렇다. 처음으로 체감한 바다는 감동적이라고 해도 과언이 아니었다. 미오의 몸은 여전히 흥분에 떨리고 있었다.

하지만 그에 버금갈 만큼— 아니, 그 이상으로, 신지가 미오를 이렇게 생각해주고 있다는 사실이 기뻐서 참을 수가 없었다.

오감의 감동을 뛰어넘는, 내면의 충동이 샘솟았다.

아아— 그렇다.

그저 바다를 봐서 기쁜 것이 아니었다.

신지가 자신의 말을 기억해줬다는 사실이…….

신지가 자신을 이곳에 데려와 줬다는 사실이…….

—신지가 곁에 있다는 사실이…….

너무나도 소중하고, 귀중하게 느껴졌다.

"어…… 우왓!"

"—아!"

미오가 흥분과 감동에 사로잡혀 춤을 추는 바람에, 두 사람은 균형을 잃으면서 그대로 그 자리에서 넘어지고 말았다.

철푸덕 하는 소리와 함께 사방으로 물방울이 튀었다. 신지가 반사적으로 미오를 감싸기는 했지만, 두 사람 다 바닷물에 푹 젖고 말았다.

"미, 미오, 괜찮아?"

"응. 미안해, 신. 너무 들떴던 것 같아."

두 사람은 그렇게 말한 후, 물에 빠진 생쥐 꼴이 된 서로를 잠시 멍하니 쳐다보았다.

"……하하."

"……후후."

그리고 누가 먼저랄 것도 없이 두 사람의 입가에 미소가 어렸다.

미오는 더는 못 참겠다는 듯이 두 손을 펼쳐 신지의 몸을 꼭 끌어안았다.

"우왓……! 미, 미오……?"

"아아…… 『좋아해』. 나, 신을 정말 좋아해. 어쩌면 좋을지 모를 정도로. 네가 사랑스러워. 신을 위해서라면 뭐든 다할 수 있을 것 같은 느낌이 들어."

미오는 대뜸, 마음속에 생겨난 감정을 말로 변환해서 입에 담았다.

하지만 언어를 익힌 지 얼마 안 됐기 때문일까, 아니면 말이라는 표현 형태의 한계 때문일까, 미오는 자신이 느끼고 있는 이 미칠 듯한 애정을 제대로 표현하지 못하고 있는 듯한 느낌에 사로잡혔다.

"─!"

아니, 미오는 곧 이해했다. 그렇기 때문에, 미오는 지금 신지를 끌어안은 것이다.

의식적으로 한 행동은 아니다. 참을 수 없는 충동을 그대로 표현하는 듯한 느낌이었다. 하지만 확실히 그것은 상대방을 향한 애정을 표현하는 행동이었다.

분명 그것은 언어보다 먼저 인간이 얻은 애정표현일 것이다. 차가운 물속에서 느껴지는 신지의 체온이, 맥박이, 숨결이, 미오에게 황홀할 정도의 행복을 느끼게 했다.

아아─ 하지만 아직 모자라다. 말로 형용할 수 없는 갈망이 느껴졌다. 아까보다 더 밀접해 있는데도, 신지가 멀게 느껴졌다. 두 사람을 갈라놓고 있는 옷이, 몸을 뒤덮고 있는 피부가 불필요하게 느껴졌다.

─신지와 더욱 가까워지고 싶다. 신지와, 하나가 되고 싶다.

그런 충동으로 가슴이 타들어가던 순간, 미오는 무의식적으로 신지의 눈을 응시했다.

그리고 천천히 눈을 내리깔고, 신지의 입술을 향해 자신의 입술을 내밀었다.

“……윽?! 아—.”

미오의 의도를 눈치챈 신지는 몸을 부르르 떨었다.

하지만 볼을 붉힌 신지는 곧 각오를 다졌는지, 미오를 향해 얼굴을 내밀었다.

파도치는 수면에 비친 두 사람의 그림자가 이윽고 하나가 되— 려던 바로 그 순간이었다.

“—에취!”

미오가 작게 재채기를 했다.

그 바람에 눈을 뜬 미오는 신지와 시선이 마주쳤다.

“…….”

“…….”

“……픕.”

“……하하.”

잠시 침묵이 이어진 후, 두 사람은 또 웃음을 터뜨렸다.

즐겁고, 귀여우며, 사랑스러워서, 참을 수가 없었다.

미오는 신지를 진심으로 좋아했다. 그리고 신지 또한 미오를 진심으로 좋아했다.

그저 그뿐인데도, 선명하던 세계가 한층 더 화사해졌다.

분명 이 행복은 앞으로도 쭉 계속될 것이다.

내일도, 모레도, 그 후로도, 쭉…….

그런 생각을 하는 것만으로도, 미오는 가슴이 설렐 정도로 마음이 들떴다.

제5장 방아쇠를 당기는 자는

—시도는 한순간, 자신이 꿈을 꾸는 거라고 생각했다.

극한 상태에 처한 탓에 보이는 환각이라고 생각했다.

하지만 눈앞에 있는 소녀의 명확한 존재감이, 시도의 그런 약한 생각을 단숨에 날려버렸다.

바람에 흩날리는 칠흑빛 머리카락. 몽환적인 빛을 머금은 수정 같은 눈동자. 그리고 몸에 걸친 남보랏빛 갑옷과, 찬란히 빛나는 드레스.

그렇다. 정령 야토가미 토카가 완전한 영장을 현현시킨 모습으로 이 자리에 나타난 것이다.

"토, 카…… 토카……!"

그녀의 존재를 명확하게 인식한 순간, 시도의 눈에서 눈물이 흘렀다.

토카가 살아있다는 사실에 안도하기도 했다. 하지만, 잠시 동안이라고는 해도 정령들과의 추억을 잊고 미오에게 굴복하려 한 자기 자신을 용서할 수가 없었다.

"미안해, 토카. 나…… 방금, 포기할 뻔—."

"무슨 소리를 하는 것이냐!"

시도의 말을 막듯, 토카가 힘찬 목소리로 외쳤다.

"포기하지 않았으니까, 시도는 지금 살아있는 것이다! 최선의 결과이지 않느냐!"

"……아!"

시도는 그 말을 듣고, 번개를 맞은 듯한 충격을 받았다.

그리고 반성했다. 시도는 또 약한 소리를 내뱉을 뻔했다. 살아있는 토카에게, 의지하려 한 것이다.

토카에게, 정령들에게 부응하기 위해서는, 자신의 발로 일어서야만 하는데도……!

"응……. 고마워, 토카."

시도는 다리에 힘을 주며 몸을 일으켰다. 이미 한계를 맞이했던 몸이, 어느새 불가사의한 기력으로 가득 차 있었다.

"정말— 나는 토카에게 도움만 받는구나."

"무슨 소리를 하는 것이냐. 나도 항상 시도에게 기댔지 않느냐. 지금도 시도가 있으니까, 이렇게 돌아올 수 있었던 것이다. 시도가 있으니까, 미오를 막아설 수 있는 것이란 말이다!"

"토카……."

시도가 또 토카의 이름을 입에 담았다. 그리고 눈가의 눈물을 닦고, 「응!」 하고 외치며 고개를 들었다.

"……그래."

그때, 찢어진 자신의 영장을 힐끔 쳐다본 미오가 토카를 향해 고개를 돌렸다.

"……역시 너였구나. 토카……. 응, 맞아. 만약 나를 막아서는 자가 있다면, 그건 분명 너일 거라고 생각했어."

"……뭐?"

시도는 미오의 말을 듣고 미간을 찌푸렸다.

그러자 토카는 그 말에 답하듯 입을 열었다.

"자세한 건 모르지만…… 나는— 다른 애들과는 다른 정령인 것 같다."

"다른…… 정령?"

시도가 당혹스러워하면서 그렇게 묻자, 미오가 감회 어린 어조로 그 질문에 답했다.

"……나는 내 힘을 열 개의 세피라로 나눈 후, 그것을 인간에게 줘서 정령을 만들었어. ……하지만 어떤 인과인 건지, 그 세피라 중 하나에 자아가 싹튼 거야. —바로 내가 태어났을 때처럼 말이지."

그 말에 시도는 무심코 숨을 삼키며 토카 쪽을 쳐다보았다.

"윽, 설마, 그게……?"

미오는 시도의 말을 긍정하듯, 천천히 고개를 끄덕였다.

"……신, 너도 눈치챘을걸? 다른 정령과 토카의 차이점을 말이야. 다른 정령은 가지고 있었지만, 토카는 가지고 있지 않았던 게 있었잖아?"

"그게, 무슨—."

시도는 말을 이으려다 머릿속에 떠오른 생각에 어깨를 부르르 떨었다.

그것은 당연한 의문이지만, 언제부터인가 잊고 있었던 위화감이었다.

오리가미. 니아. 쿠루미. 요시노. 코토리. 무쿠로. 나츠미. 카구야. 유즈루. 미쿠.

그녀들에게는 있었지만, 토카에게는 없었던 것······.

그렇다. 정령들 중에 토카만이 유일하게— **이름을 가지고 있지 않았던 것이다.**

"······."

하지만 토카는 그 말을 듣고도 전혀 당황하지 않았다. 아니, 오히려 그 사실을 이미 알고 있었던 것 같은 눈치였다.

토카는 강렬한 의지를 두 눈에 담으면서 입을 열었다.

"—당혹스럽기는, 하다. 이름이 없어서 괴로웠던 적도, 있지. 하지만 나는, 그 사실에 감사하고 있다.

내가, 이름이 없었기 때문에, 시도가 나에게 이름을 지어줬다.

내가, 인간이 아니기 때문에, 이렇게 시도를 다시 만날 수 있었다!"

"토카—."

토카의 고결한 결의가, 각오가, 시도의 마음속에서 꺼져 가던 불꽃을 다시 지폈다.

—그렇다. 시도는 왜 무너질 뻔한 것일까. 주저앉을 뻔한 것일까. 시도에게는, 이렇게 믿음직한 동료가 있는데……!

시도는 미오를 향해 검을 든 토카의 옆에 섰다.

"아! 시도?"

"아직 방법이 있을지도 몰라. 이제, 포기하지 않을 거야. —그러니까, 나도 함께 싸우겠어."

"……아! 음!"

토카는 힘차게 고개를 끄덕인 후 〈산달폰〉을 쥔 손에 힘을 줬다.

그 모습을 본 미오는 한숨을 내쉬면서 눈을 가늘게 떴다.

"약간 예정이 흐트러지기는 했지만…… 뭐, 좋아. 결말에는 변함이 없어."

그런 미오의 말에 호응하듯 그녀의 뒤편에서 무기물적인 느낌의 거대한 나무가 생기며 그에 맞춰 이공간이 팽창했다. 그 뒤를 이어, 미오의 머리 위에 꽃처럼 생긴 천사가 나타났다.

"……토카, 저건 뭐야?"

"음— 〈아인 소프〉와 〈아인 소프 오르〉……라고 부르더구나. 조심해라. 이 공간 안에서는 모든 법칙이 미오의 뜻대로 된다. 그리고 저 꽃에서 나오는 빛을 쬐면 죽지. 영력을 지니지 못했다면 근처에 있는 것만으로도 목숨을 잃는다."

간결하기에 더욱 충격적으로 들리는 토카의 설명에 시도는 식은땀을 흘렸다.

"……그럼 엄청 위험한 거 아냐?"

"그래, 위험하지. ―그렇다고 포기할 것이냐?"

"말도 안 되는 소리 하지 마."

시도가 땀을 닦으면서 그렇게 말하자, 토카는 씨익 웃었다.

그리고 그것을 신호 삼듯 몸을 날리더니, 〈산달폰〉을 힘차게 휘둘렀다.

"우오오오오오오―!"

그 일격은 충격파가 되어 미오를 향해 뻗어나갔다. 미오는 꼼짝도 하지 않고 그 공격을 막아내려 했다. 하지만―.

"……윽!"

토카의 검이 닿기 직전, 미오의 눈썹이 흔들리는가 싶더니 그녀가 몸을 젖혔다.

충격파가 미오의 코앞을 가르고 지나가자― 그녀가 걸친 영장의 일부가 찢겨져 나갔다.

"―오오?!"

공격을 펼친 당사자인 토카는 그 광경을 보고 눈을 동그랗게 떴다.

"해냈다, 시도! 공격이 통했어!"

"응…… 하지만 전혀 대미지를 입히지 못한 것 같은데……."

"무슨 소리를 하는 것이냐! 아까까지만 해도 【할반 헤레브】로도 생채기 하나 내지 못했단 말이다!"

"뭐……?"

시도는 토카의 말을 듣고 미간을 찌푸렸다.

미오는 압도적인 힘을 자랑하는 시원의 정령이다. 그러니 토카의 말이 거짓말일 것 같지는 않았다.

하지만, 미오의 영장은 토카의 〈산달폰〉에 의해 미세하게나마 찢겨졌다. 대체 아까까지와 지금은 어떤 차이가 존재하는 것일까.

미오가 손속에 사정을 두고 있는 것일까? 미오의 힘이 줄어든 것일까? 아니면—.

"……아!"

시도는 그제야 어떤 사실을 깨달았다.

그렇다. 토카는 지금 한정 영장이 아니라 완전한 영장을 현현시키고 있지만— 시도는 예전에 토카가 영력을 완전히 되찾았을 때의 감각이 느껴지지 않았다.

즉, 토카의 영력은 여전히 시도의 몸 안에 있는 것이다.

이 사실이 무엇을 의미하는 것일까. 시도는 전지전능한 존재가 아니기에 알 수 없지만, 그 점이 바로 절대적인 정령인 미오를 무너뜨릴 바늘구멍이라는 생각이 들었다.

"……."

시도의 생각을 눈치챘는지 미오는 희미하게 표정을 바꾸고 다시 토카를 쳐다보았다.

"……과연. 좀 성가시게 됐는걸."

그리고 작게 한숨을 내쉬면서 토카를 향해 돌아섰다.

"—토카, 너에게 결례를 범했어. 이제부터는 너를 얕보지 않을 거야. 온힘을 다해, 신을 너에게서 되찾겠어."

"그렇게는 안 돼! 시도는—"

토카는 미오의 말에 답하듯 큰 소리로 외치면서 지면을 박찼다.

"시도는 내 것이다!"

"뭐……?"

시도는 그 뜻밖의 말을 듣고 한순간 놀랐지만, 지금은 이럴 때가 아니라는 사실을 떠올리며 토카를 엄호하기 시작했다.

"——."

공격이 연이어 펼쳐졌다.

미오의 눈앞에서, 검의 천사 〈산달폰〉이 눈에 보이지 않는 속도로 휘둘러지고 있었다.

아까까지만 해도 미오는 손가락 하나 까딱하지 않고 저 공격을 막아냈다. 하지만 현재 저 천사는 미오의 방어를 부수고 영장을 찢어발길 힘을 갖추고 있었다.

"……그래. 이건……."

미오는 그 공격을 막아내고, 반격을 하듯 빛의 띠를 날리면서 작은 목소리로 그렇게 중얼거렸다.

그렇다. 현재 〈산달폰〉에서 느껴지는 것은 토카의 영력만이 아니었다.

아마 미오의 안에서 탈출할 때, 다른 정령들과 미오의 영력을 조금씩 빼앗은 것이리라. 현재 〈산달폰〉은 【할반 헤레브】 이상의 농밀한 힘으로 가득 차 있었다.

그 사실을 증명하듯, 아까부터 토카의 움직임은 전혀 움츠러들지 않았다.

—미오가 〈아인 소프〉로 움직임을 억누르려 하고 있는데도 말이다.

하지만, 그것도 어찌 보면 당연했다. 〈아인 소프〉는 미오의 천사다. 일부만이라고 해도 미오의 영력을 지닌 토카가 영향을 받지 않는 것은 어찌 보면 당연했다.

"……설마 네가 내 힘을 빼앗아갈 줄은 몰랐어."

미오는 토카에게 들리지 않을 만큼 작은 목소리로 그렇게 중얼거렸다.

그것은 초조함에서 비롯한 비아냥거림이자, 기이한 심정에서 우러난 독백이기도 했다.

—토카 자신이 말했던 것처럼, 그녀는 다른 정령과는 전혀 다른 방식으로 태어난 존재다.

아니, 정확하게 말하자면 미오 이외에 유일하게 존재하는 순수한 정령이라 해도 과언이 아니다.

미오와 마찬가지로 무(無)에서 태어났고,

미오와 마찬가지로 이름이 없었으며,

그리고— 미오와 마찬가지로, 시도와 만났다.

즉, 또 한 사람의 미오라 할 수 있는 것이다.

그런 그녀가 지금, 미오의 힘을 사용하여, 미오를 막아서고 있다.

이 상황에서, 미오는 기묘한 감회를 느낄 수밖에 없었다.

"오오오오오오오오오!"

토카는 기합을 내지르면서 〈산달폰〉을 치켜들고 직접 베려했다.

"〈아인 소프〉— 【지검(枝劍)】."

미오의 눈썹이 희미하게 흔들리더니, 그녀는 그 이름을 입에 담았다.

그와 동시에 허공에서 검처럼 날카로운 〈아인 소프〉의 가지가 나타나 토카의 일격을 막아냈다.

직접 막아내자 실감할 수 있었다. 묵직한 일격이었다. 미오의 영력을 빼앗았으니 이 정도는 당연할 것이다. 게다가—.

"우왓……!"

"……."

미오는 〈산달폰〉을 쥔 토카를 그대로 튕겨낸 후, 시도 쪽을 힐끔 쳐다보았다.

그렇다. 시도는 후방에서 〈가브리엘〉로 토카를 지원하고 있었다. 그것 또한 토카가 이렇게 어마어마한 힘을 발휘하는 데 일조하고 있을 게 틀림없다.

아니— 그것만이 아니다.

토카가 휘말리는 것을 걱정하는 것인지, 아니면 미오에게 통하지 않는다는 사실을 눈치챈 것인지, 시도는 미오를 직접적으로 공격하지 않았다.

하지만, 미오가 토카와 싸우는 동안에도 시도는 그녀를 계속 응시하고 있었다.

그 눈은 방금까지 절망에 사로잡힌 채 가라앉아 있던 눈과는 명백하게 달랐다.

—아마 지금 이 순간에도, 시도는 필사적으로 생각하고 있으리라.

미오를 쓰러뜨릴 방법을, 그리고 정령들을 되살릴 방법을 말이다.

그 모습을 본 미오는 자신의 심장이 무의식적으로 수축되는 느낌을 받았다.

"……그래. 역시 너한테는 절망이 어울리지 않아."

미오는 혼잣말을 중얼거린 후, 날카로운 시선으로 토카를 쳐다보았다.

그리고 두 손을 펼쳐 자신을 향해 달려드는 토카를 요격

했다.

"—꿰뚫어라, 〈아인 소프〉."

그렇게 외친 순간, 미오의 주위에 존재하는 공간이 일그러지며 〈아인 소프〉의 『뿌리』가 여러 개 뻗어 나왔다.

"아니……?!"

토카는 『뿌리』를 쳐냈다. 하지만 『뿌리』는 채찍처럼 휘어지면서 토카를 계속 노렸다.

확실히 미오의 힘을 얻은 토카에게 〈아인 소프〉의 법칙은 적용되지 않았다. 하지만 저 『뿌리』로 꿰뚫어 버린다면 토카도 치명상을 입을 것이다. 미오가 손을 들어 올리자, 『뿌리』가 토카를 향해 뻗어 나갔다.

하지만— 바로 그때였다.

"토카!"

시도가 고함을 지르면서 토카의 앞으로 몸을 날렸다.

"……윽!"

미오는 그 갑작스러운 사태에 놀라 시도에게 『뿌리』가 명중하기 직전에 공격을 중단했다.

〈카마엘〉의 힘을 지닌 시도라면 가슴이 꿰뚫리더라도 죽지는 않을 것이다. 미오 또한 시도의 안전을 최우선으로 생각했기 때문에, 가장 먼저 치유의 힘을 지닌 〈카마엘〉을 그가 봉인하게 했던 것이다.

하지만, 그렇다고 해도 미오가 시도를 공격할 수 있을 리 없었다.

시도가 토카를 지키기 위해 그녀의 앞으로 나선 순간, 30년 전— 신이 총에 맞고 쓰러지던 광경이 미오의 뇌리를 스친 것이다.

"……큭—."

미오는 희미하게 표정을 일그러뜨리더니, 『뿌리』를 조작해 시도를 쳐서 멀찍이 날려버렸다.

"우왓……?!"

시도는 그런 소리를 내면서 지면을 뒹굴었다. 이걸로 잠시 동안 — 적어도 토카의 공격에 대처하는 동안 — 시도는 자신을 방해하지 못할 것이다.

하지만 그 결과, 억지로 공격을 중단했던 미오에게는 한순간 빈틈이 생기고 말았다.

그리고 토카에게 있어서 그것은 더할 나위 없는 기회가 되었다.

"—〈산달폰〉!"

토카는 천사의 이름을 외치며 발뒤꿈치로 지면을 강하게 쳤다.

그러자 지면에서 토카의 키만 한 거대한 옥좌가 모습을 드러냈다.

—【할반 헤레브】.

그것을 본 순간, 미오의 뇌리에 그 단어가 떠올랐다.

검의 천사 〈산달폰〉, 최대최강의 일격. 필멸(必滅)의 힘을 지닌 파괴의 검.

아까까지라면 토카가 그 공격을 날릴지라도 막을 필요조차 없었다.

하지만 현재의 토카가 날리는 【할반 헤레브】를 정통으로 맞는다면, 아무리 미오라도 무사하지 못할 것이다.

그렇다면—.

"〈아인 소프 오르〉—【뇌포(蕾砲)】."

미오는 양손을 앞으로 내밀어 허공에 손바닥만 한 구체를 현현시켰다.

그것은 극한의 죽음을 자아내는 꽃봉오리였다. 순식간에 피어나, 그 중심에서 토카를 향해 일직선으로 죽음의 빛을 발사한다.

【할반 헤레브】는 분명 강력하기 그지없는 일격이지만, 그것을 사용하기 위해서는 여러 과정을 거쳐야 한다.

옥좌를 불러내 분해하고, 검과 합친 후, 휘두른다.

그리고 모든 힘을 검에 집중시킨 그 순간, 토카의 몸은 가장 무방비해진다. 그때를 노려 〈아인 소프 오르〉의 일격을 명중시킨다면, 미오의 힘을 지닌 토카라도 무사할 리가 없었다.

하지만—.

"—【장착】!"

"······아니?"

이어지는 토카의 외침에 미오는 무심코 미간을 찌푸렸다.

토카가 분해된 옥좌의 파편을 손에 쥔 검이 아니라 온몸에, 마치 갑옷처럼 두른 것이다.

그리고 몸을 비틀면서 〈아인 소프 오르〉의 광선을 아슬아슬하게 피했다.

—천사를, 몸에 두른다. 그것은 마치 요시노의 【동개(凍鎧)】를 연상케 했다.

천사의 권능은 하나가 아니다. 세피라에 의해 속성은 정해져 있지만, 어떤 힘이 현현될지는 세피라를 지닌 자의 인격에 의해 좌우된다. 그래서 미오조차도 모든 권능을 파악하고 있지는 않았다.

적어도 토카의 지금 모습은 미오도 처음 보는 것이었다.

"아니—."

"하아아아아아아아아아아아아앗—!"

황금색으로 빛나는 갑옷을 걸친 토카가 〈아인 소프〉의 『뿌리』와 『가지』를 전부 쳐내면서 순식간에 미오에게 육박했다.

그리고 그 기세를 실어, 미오를 향해 대각선으로 검을 휘둘렀다.

—날카로운 통증이 느껴졌다. 농밀한 영력으로 만든 영장이 그대로 찢어지더니, 미오의 새하얀 피부에 처음으로 상처가 생겼다.

"———."

토카의 방금 공격에 의해 발생한 충격파가 미오를 휘감았고, 상처에서 피가 뿜어져 나왔다.

아아— 미오는 말로 형용할 수 없는 느낌을 받았다.

태어나서 지금까지, 미오에게 제대로 맞설 수 있는 자는 존재하지 않았다.

그런 그녀에게 처음으로 이런 중상을 입힌 이가, 그녀의 딸이자 분신이라 할 수 있는 존재인 것이다.

기묘한 감동과 도취감에 사로잡힌 채, 미오는 피로 범벅이 된 얼굴을 들었다.

"……대단해, 토카."

그것은 방금 일격만을 가지고 한 말이 아니었다.

친구들이 죽고, 자신 또한 흡수당했으면서도, 토카는 희망을 버리지 않고 미오에게 다시 맞서고 있었다.

"……그 고결한 마음에, 의지에, 진심으로 경의를 표하겠어. —그리고, 나 또한 그에 부응하도록 할게."

미오는 그렇게 말하면서 토카의 눈을 지그시 쳐다보았다.

그리고, 읊조렸다.

미오가 지닌, 마지막 천사의 이름을…….

"—⟨ ⟩."

그 순간.

세계가, 빛으로 가득 찼다.

"……윽! 토카……?!"

토카가 옥좌를 몸에 두르고 미오를 향해 쇄도한 순간, 이 공간 내부가 새하얀 빛으로 가득 찼다.

미오에 의해 튕겨져 나간 시도는 반사적으로 눈을 가리며 토카의 이름을 외쳤다.

그리고, 시간이 얼마나 흘렀을까…….

시도가 눈을 떠 보니, 영장이 찢어진 채 피를 흘리고 있는 미오의 모습이 눈에 들어왔다.

"……아!"

그런 미오의 모습에 전율과 연민, 그리고 토카의 일격이 통한 데서 비롯된 흥분이 시도의 마음속에 한꺼번에 밀려왔다.

하지만 곧, 시도의 마음은 뒤이어 느껴진 위화감에 지배당했다.

"토, 카……?"

그렇다. 방금 미오에게 달려들었던 토카의 모습이 보이지 않는 것이다.

그러자 미오는 가늘고 긴 한숨을 토한 후, 시도를 향해 고개를 돌렸다.

"……토카는, 이제 없어."

"뭐……?"

시도는 미오의 말을 듣고 멍하니 눈을 크게 떴다.

"읔! 너, 설마……."

하지만 곧 미오가 한 말의 의미를 이해했다.

아마 미오는 토카를 위협적인 존재라 판단해 아까 시도에게 했던 것처럼 다른 장소로 전이시킨 것이리라.

그렇다면, 시도는 토카가 돌아올 때까지 혼자서 미오를 상대해야만 한다. 아니, 시도는 아까 이 근처로 전송됐지만, 토카 또한 그럴 가능성은—.

시도가 경계를 하면서 그런 생각을 하고 있자, 그의 생각을 읽은 미오가 천천히 고개를 저었다.

"다른 장소로 이동시킨 게 아냐. 내 힘을 빼앗은 토카에게는 그런 잔재주가 통하지 않아."

"뭐……? 그럼 대체—."

시도가 말을 끝까지 잇기도 전에, 미오가 천천히 입을 열었다.

"—방금 말했잖아. 이제 **없다고** 말이야. 다른 곳으로 전송된 것도, 죽은 것도 아니라— **완전히 사라져버린 거야.**"

"……그게……, 무슨……."

"무(無)의 천사 〈 아인 〉은 온갖 조리를 무시하고, 모든 것을 『소멸』시켜. —다시 한 번 말하겠어. 토카는 이제 없어. 이 세상 그 어디에도 말이야."

"—윽!"

시도는 미오의 말을 듣고 숨을 삼켰다.

토카가, 사라졌다.

그 짤막한 말을, 시도는 이해할 수가 없었다.

"토카가 지닌 영력도 같이 소멸되기 때문에 이 천사를 쓸 생각은 없었지만…… 토카를 확실하게 해치우기 위해선 이 방법밖에 없었어. —거꾸로 말하자면, 내가 비장의 수를 쓸 수밖에 없을 정도로 궁지에 몰렸던 거야. 토카를 칭찬해줘. 그녀는 너를 향한 마음만으로, 자기 자신의 한계마저 뛰어 넘었어."

미오는 그렇게 말하면서 자신의 몸에 난 상처를 손으로 매만졌다.

그러자 마치 영화를 되감는 것처럼 상처가 아물더니, 그 뒤를 이어 찢어진 영장마저 원래대로 복구됐다.

"……자, 신. 이제 방해꾼은 전부 사라졌어. —그리고 안심해. 토카가 소멸되면서 영력의 일부를 잃고 말았지만, 남은 힘만으로도 충분히 너를 불사신으로 만들 수 있어. 그 후에는 너를, 완전한 신으로 되돌리기만 하면 돼."

미오는 천천히 시도를 향해 돌아섰다.

시도는 마른 침을 삼켰다.

손가락 끝이, 희미하게 떨렸다. 아까 떨쳐냈던 절망이, 다시 그의 발을 휘감기 시작했다.

하지만―.

"―〈메타트론〉……!"

시도는 어금니를 깨물고 사납게 울부짖듯 외쳤다.

그리고 손을 뻗어 빛의 천사를 현현시키더니 미오를 향해 광선을 발사했다.

아아, 확실히 아까 이상으로 절망적인 상황이다. 모든 정령이 살해당했고, 마지막 희망이었던 토카마저도 소멸당했다.

하지만, 시도는 무릎을 꿇지 않았다. 무적의 정령에게 맞섰다.

왜냐하면, 시도는 맹세한 것이다. 토카에게, 정령들에게……. 결코 굴하지 않겠다고, 결코 포기하지 않겠다고……!

"우오오오오오오오오오―!"

왼손에 〈자드키엘〉, 오른손에 〈카마엘〉을 현현시킨 시도는 냉기와 불꽃을 동시에 날렸다.

하지만 미오는 손가락 하나 까딱하지 않고 그 공격을 받아냈다. 마치 몸의 표면에 보이지 않는 막이 존재하는 것처럼, 모든 공격이 통하지 않았다.

과연, 토카가 미오의 영장 일부를 잘라낸 것만으로 놀라워했던 것이 이제 이해됐다. 그야말로 차원이 다른 상대였다.

하지만 시도는 포기하지 않았다.

〈미카엘〉을 이용해 힘을 봉인하려 했다. 〈하니엘〉로 미오를 무력한 존재로 변모시키려 했다. 〈라파엘〉로 바람을 뿜었다. 〈가브리엘〉의 힘이 깃듯 목소리가 울려 퍼졌다. 〈산달폰〉으로 베려 했다.

시도는 온갖 천사를 동원해 미오에게 저항했다.

하지만—.

"……부질없는 짓이야."

"……윽!"

미오의 한마디만으로 시도의 모든 공격이 완전히 저지됐다.

그리고 이어서 미오가 살며시 손가락을 까딱였다. 그러자 지면에서 빛의 띠 같은 것이 생겨나더니 시도의 발을 휘감았다.

"앗…… 이건—."

"미안해. 네가 계속 저항하면 성가실 것 같아서 말이야."

그렇게 말한 미오가 지면을 박차고 중력을 벗어난 듯한 불가사의한 궤도를 그리며 시도에게 다가왔다.

"큭—!."

시도는 필사적으로 빛의 띠에서 벗어나기 위해 버둥거렸다. 하지만 빛의 띠는 시도의 발과 동화된 것처럼 꿈쩍도 하지 않았다. 그뿐만 아니라 〈산달폰〉으로 베려 해도 흠집조차 나지 않았다.

그러는 사이에도 미오는 시도에게 점점 다가왔다.

—그야말로 절체절명의 상황이었다.

하지만, 시도는 고개를 돌리지 않았다.

최후의 순간까지 미오를 관찰하며, 계속 머리를 굴렸다.

그래서— 시도는, **그 광경**을 놓치지 않았다.

—미오의 손에, 총탄이 꽂히는 광경을 말이다.

"……읔?!"

"……뭐지?"

시도의 경악과 미오의 목소리가 포개졌다.

미오의 손에는 상처가 나지 않았다.

하지만 방금, 미오의 손에 총탄 한 발이 꽂혔다.

다만 화약으로 발사되는 금속 덩어리는 아닌 것 같았다. 실제로 화약 냄새는 나지 않았다. 불꽃조차 일지 않았다.

그렇다. 그것은 마치, 검은 그림자를 탄환 형태로 응고시킨 듯한—

"—키히히, 히히."

시도의 생각을 방해하듯— 아니, 뒷받침하듯…….

지나치게 인상적인 목소리가 주위에 울려 퍼졌다.

"—아아, 아무래도 늦지 않은 것 같네요. 시도 씨, 무사하셔서 정말 다행이에요."

"아니……?!"

이공간에 나타난 총탄의 주인을 본 순간, 시도는 그대로 경악했다.

피와 어둠으로 물들인 듯한 영장.

좌우 불균형하게 묶은 흑발.

그리고— 괴이하게 빛나는 시계 문자판 형태의 왼쪽 눈.

그렇다. 그 사람은 바로—.

"쿠루미……?!"

정령, 토키사키 쿠루미였다.

"어…… 어떻게 된 거야? 미오가 분명 너를 죽였는데……."

시도는 멍하니 눈을 크게 뜨고 그렇게 말했다.

시도는 쿠루미의 가슴에서 미오가 기어 나오는 광경을 두 눈으로 똑똑히 보았다. 그리고 쿠루미는 말 못하는 시체가 되었으며, 주위에 있던 분신들 또한 사라졌다.

하지만, 지금 시도의 눈앞에 나타난 쿠루미는 환각이라기에는 너무나도 생생했고, 가짜라고 부르기에는 너무나도 **쿠루미다웠다.**

"죄송해요, 시도 씨. 실은 좀 더 서두르고 싶었지만, 처음이라 감각을 파악하는 데 시간이 걸렸답니다."

"……뭐? 그게, 무슨……."

쿠루미의 의미심장한 말에 시도는 고개를 갸웃거렸다.

그러자 바로 그때, 미오가 뭔가를 눈치챈 것처럼 표정을 바꿨다.

"⋯⋯【열한 번째 탄환】, 인가⋯⋯."

유드 알레프

"뭐⋯⋯?"

"―키히히."

시도가 여전히 영문을 모르겠다는 표정을 짓고 있는 가운데, 쿠루미는 미오의 말을 듣고 대담한 미소를 머금었다.

◇

―지금으로부터 약 한 시간 전.

전장 한가운데에 있던 토키사키 쿠루미의 가슴에서, 새하얀 팔이 튀어나왔다.

"아, 아⋯⋯."

목이 떨리더니, 입술 사이로 고통에 찬 목소리가 흘러나왔다.

그 기묘한 광경을 본 쿠루미의 분신이 무심코 입을 열었다.

"『저』⋯⋯!"

하지만, 그런 외침에도 불구하고 쿠루미의 목소리는 점점 잦아들더니― 그것에 맞춘 것처럼 『팔』이, 천천히 가슴에서 기어 나왔다.

그리고 이윽고, 한 소녀가 모습을 드러냈다.

나른한 눈빛을 지닌, 너무나도 아름다운 소녀였다.

"""아―."""

그 소녀의 얼굴을 본 순간—.

쿠루미의 주위에 있던 분신들이 일제히 숨을 삼켰다.

본체의 몸에서 한 소녀가 기어 나왔으니 놀라는 게 당연하다. 하지만 『쿠루미』들은 단지 그 점 때문에 경악한 것이 아니었다.

그녀들 전원이— 그 소녀를 알아본 것이다.

—타카미야 미오.

쿠루미를 정령으로 만든 소녀.

쿠루미와 함께, 싸웠던 소녀.

쿠루미의 소중한 친구가 죽은 원인이 된 소녀.

그렇다. 쿠루미의 기나긴 복수극의 시발점이자, 종착점.

증오스러운 시원의 정령이, 이 자리에 나타난 것이다.

"……윽!"

그 사실을 인식한 순간, 분신들은 상황을 파악했다.

쿠루미는 얼마 전에 시원의 정령과 만나 싸웠고, 『그림자』로 상대를 집어삼켰다.

삼켜진 대상의 시간을 송두리째 흡수하는 〈시간을 먹는 성〉. 그 안에 갇힌 자는 목숨의 불꽃이 꺼질 때까지 수명을 빼앗긴 후, 죽음을 맞이한다— 그래야 했을 터였다.

하지만, 어찌된 영문인지 미오는 죽지 않았다. 그뿐만 아니라 쿠루미가 처음 만났던 당시의 연령으로 젊어졌다. 마치 쿠루미에게서 『시간』을 빨아들인 것처럼 말이다.

"커……억……!"

진짜 쿠루미도 자신의 가슴에서 기어 나온 소녀의 정체를 눈치챘는지, 짐승처럼 포효를 지르면서 단총을 쥔 손에 힘을 줬다.

"〈자프키엘〉……!"

그러자 다음 순간, 쿠루미의 말에 호응하듯 그녀의 발치에 있던 『그림자』가 꿈틀거리면서 총구로 빨려 들어갔다.

쿠루미는 자신의 가슴에서 기어 나온 미오를 향해 방아쇠를 당겼다.

하지만, 미오는 그 직전에 쿠루미의 몸을 도려내듯 몸을 움직였다.

"크……윽……!"

고통에 찬 신음을 흘린 쿠루미는 그대로 자세가 무너졌다.

그에 쿠루미가 쏜 그림자 탄환은 당연히 미오에게 명중하지 않았고—

"……윽?!"

사격 선상에 있던 분신의 가슴에 꽂혔다.

"아……『저』……?"

분신은 가슴을 움켜쥐고 몸을 웅크렸다.

너무나도 불운했다. 또한 너무나도 허무했다. 최악의 정령이라 불렸던 토키사키 쿠루미가 날린 최후의 일격이 설마 이런—

"······아!"

하지만 곧 분신은 자신이 맞은 탄환이 단순히 그림자를 응집시켜 만든 게 아니라는 사실을 알아차렸다.

가슴이 꿰뚫리는 아픔이 느껴지지 않았다. 그 대신, 탄환이 명중한 부분을 기점으로 소용돌이에 휘말리는 듯한 감각이 엄습했다.

"이건······ 설마······!"

분신은 눈을 치켜뜨고 쿠루미를 쳐다보았다.

"······."

그러자 그 순간—

겨우 한순간에 불과하지만— 죽어가고 있던 쿠루미가 미소를 머금었다.

"아—."

순간, 분신은 깨달았다.

쿠루미가 날린 최후의 일격은 빗나가지 않았다.

미오를 노리는 시늉을 한 것은 이 공격의 진의를 그녀에게 들키지 않기 위한 위장이었던 것이다.

그렇다. 죽음에 직면한 쿠루미는 자신에게 남은 모든 힘을 담아— 분신에게, 이 탄환을 맡긴 것이다.

〈자프키엘〉—【열한 번째 탄환】.
                    유드 알레프

대상자를 과거로 보내는【열두 번째 탄환】과 대칭을 이루
                              유드 베트
는, 쿠루미의 비기.

총에 맞은 상대를 미래로 보내는, 금단의 탄환이었다.

그리고 분신은 이해했다. 쿠루미가 무슨 생각으로, 이 탄환을 분신에게 쏜 것인지를 말이다.

말도, 지시도 필요 없다. 왜냐하면 분신 또한 쿠루미와 같은 의지를 지녔고, 쿠루미와 같은 소망을 지닌, 『토키사키 쿠루미』가 틀림없는 것이다.

"……큭, 『저』—."

쿠루미가 자신에게 모든 것을 맡겼다는 사실을 눈치챈 분신은 고함을 지르고 싶은 심정을 필사적으로 참으며 입을 다물었다.

미오는 쿠루미가 자신을 향해 날린 일격이 빗나갔을 뿐이라고 여기고 있다. 분신 따위는 안중에도 없는 것이다. 그렇다면, 한때의 격정 때문에 쿠루미의 마음을 헛되이 할 수는 없었다.

분신은 누구에게도 들리지 않을 만큼 작은 목소리로, 읊조리듯 말했다.

"—예. 『저』. —미래는, 저에게 맡겨주세요."

분신은 그 말을 끝으로 세상에서 사라졌다.

◇

"—정답이랍니다, 미오 양. 저는 약 한 시간 전의 과거에서 토키사키 쿠루미가 미래를 맡긴 분신이에요. 당신을 죽이기 위해 파견된, 최후의 자객이죠."

쿠루미는 그렇게 말하면서 고풍스러운 장총과 단총을 양손에 거머쥐었다.

미오는 그 모습을 보고 한숨을 내쉬었다.

"······진심으로 그런 소리를 하는 거야? 분신이, 나한테 이길 수 있다고 생각해?"

"예. 진짜 『저』는 당신에게 살해당했고, 저 이외의 분신도 전부 사라지고 말았지만— 저는 【유드 알레프】에 담긴 영력이 바닥날 때까지 존재할 수 있답니다. 당신을 죽이기에는 충분한 시간이죠—!"

쿠루미는 그렇게 외치더니 지면을 힘차게 박차고 양손에 든 두 총을 연사했다.

둘 다 생긴 것은 영락없는 단발식 총이지만, 탄환이 한 발 발사될 때마다 총구에 그림자가 빨려 들어가면서 순식간에 장전이 완료됐다. 무수한 탄환이 비처럼 미오를 향해 쏟아졌다.

"······."

미오의 눈썹이 희미하게 흔들리더니, 그녀는 가볍게 시도의 가슴을 밀쳤다.

그러자, 그런 가벼운 동작만 봐서는 상상도 할 수 없을 만큼 엄청난 기세로 시도의 몸이 뒤편으로 밀려났다.

"큭……!"

시도는 엉덩방아를 찧으면서도 미오와 쿠루미에게서 눈을 떼지 않았다.

쿠루미의 탄환 여러 발이 미오에게 명중했다.

물론 미오의 몸에는 조그마한 생채기조차 나지 않았지만, 사방에 탄환이 쏟아지면서 지면에 수많은 탄흔이 남았다. 아마 미오는 시도가 ─ 아니, 신이 ─ 상처를 입을까봐 방금 같은 행동을 취한 것이리라.

그리고 쿠루미는 미오가 그런 행동을 취할 것이라는 사실을 예상하기라도 한 것처럼 시도와 그녀 사이의 공간에 착지했다.

"큭! 쿠루미, 너, 대체 뭘─."

시도가 눈을 치켜뜨며 이름을 부르자, 쿠루미는 그를 힐끔 쳐다보며 입을 열었다.

"아까 말씀드렸다시피, 미오 양을 쓰러뜨리러 온 거랍니다. ─아, 그리고 하나 더 있군요."

쿠루미는 입술 가장자리를 일그러뜨렸다.

"─시도 씨와 나눈 키스의 감촉을 잊지 못했기 때문일지도 모르겠어요."

쿠루미는 그렇게 말한 후, 다시 지면을 박차고 미오를 공격했다.

"뭐……."

시도는 그런 쿠루미의 등을 바라보면서 눈썹을 찌푸렸다.

이유는 단순했다. 쿠루미의 행동이, 너무나도 쿠루미답지 않았던 것이다.

"키히히히히! 뭐하는 거죠? 방어만 하지 말고 공격도 해보라고요!"

"……."

쿠루미는 여전히 두 자루의 총으로 미오를 향해 총탄을 쏘고 있었다. 하지만 그녀의 공격은 미오에게 전혀 통하지 않았다.

─힘이 현격하게 차이나고 있는 것이다.

그리고 쿠루미가 그 점을 모를 리가 없었다.

"뭘 어쩌려는…… 거지?"

분신인 쿠루미가 말한 것처럼, 진짜 쿠루미는 미오에게 살해당했다.

그리고 분신이 미오에게 이길 수 있을 리 없다는 것은 그녀도 알고 있으리라.

그런데도 진짜 쿠루미는 자신이 숨을 거두기 직전에 분신을 미래로 보냈다. 그 이유는 뭘까.

─부질없는 짓이라는 사실을 알면서도, 훼방을 놓지 않으면 분이 풀리지 않았던 것일까?

"……."

아니다. 시도는 머릿속으로 그 가능성은 바로 부정했다.

만약 다른 사람이 그런 짓을 한다면 시도도 납득했을 것이다.

하지만, 토키사키 쿠루미가 그런 짓을 할 리가 없다. 그 어떤 극한 상황에 처했더라도, 그녀가 단순히 분풀이만을 위해 비장의 탄환을 썼을 리가 없다.

뭔가 다른 목적이 있을 것이다. 미오가 알아서는 안 되는, 무언가가 말이다.

그렇다. 쿠루미의 각오가 죽음에 직면한 정도로 흔들릴 리가 없다.

그것은 【열 번째 탄환】으로 쿠루미의 과거를 체험했던 시도이기에 가질 수 있는 확신이다.

쿠루미가 겨우 그 정도 일로— 포기할 리가 없는 것이다.

이 세상을 뜯어고치기 위해, 악행을 저지르면서까지 저항해 왔던 쿠루미가…….

수도 없이 같은 시간을 반복하며, 시도를 구원했던 쿠루미가—.

『—시도 씨와 나눈 키스의 감촉을 잊지 못했기 때문일지도 모르겠어요.』

"—아……."

그 순간— 시도는 낮은 신음을 흘렸다. 그는 무의식적으로 자신의 입술을 손가락으로 매만졌다.

머릿속에서 퍼즐 조각이 맞춰지는 느낌이 들었다.

뒤엉켜 있던 실이, 단숨에 풀리는 느낌이 들었다.

틀림없다. 쿠루미는 분명—.

"……커, 억……!"

시도가 눈을 크게 뜨며 경악하고 있던 바로 그때, 고통으로 점철된 목소리가 들렸다.

"윽! 쿠루미……?!"

고개를 들자 지면에서 생겨난 빛의 띠에 몸 곳곳을 꿰뚫린 쿠루미의 모습이 눈에 들어왔다.

"유, 감…… 이기지…… 못했, 어요……."

쿠루미는 쿨럭 하고 피를 토하더니 공허한 눈길로 시도를 응시했다.

그리고 시도의 표정을 보고— 입술 가장자리를 치켜 올렸다.

분명, 전해진 것이다.

시도가, 정답을 깨달았다는 사실이 말이다.

"아— 하아……."

쿠루미는 옅은 미소를 지으며 쓰러지더니, 그대로 그림자가 되어 사라졌다.

"……이해가 안 돼. 나를 쓰러뜨릴 수 없다는 건 분명 알고 있었을 텐데……."

미오는 방금까지 쿠루미가 있던 곳을 의아하다는 듯이 바라본 후, 다시 시도를 향해 고개를 돌렸다.

"아무튼— 드디어 정리됐네. 그녀들의 마음에 찬사를, 그리고 그 건투에 갈채를 보내겠어. ……하지만 전부 부질없는 저항이었어. 결과는 달라지지 않아."

"―부질없다고?"

시도는 미오의 말에 대꾸했다.

"부질없지…… 않아. 전부― 전부, 필요했던 거야."

"……신?"

미오는 시도의 반응이 뜻밖인지 영문을 모르겠다는 표정을 지었다.

시도는 그런 미오의 눈을 똑바로 쳐다보면서 말을 이었다.

"―그녀들이 있었기 때문에, 토카가 싸워줬기 때문에, 쿠루미는 때맞춰 와줄 수 있었어. 그리고 쿠루미 덕분에…… 나는, 깨달았어……!"

자신도 모르게 눈물이 흘렀다.

그렇다. 전부― 필요했다.

단 하나라도 부족했다면, 분명 시도의 기억은 영원히 사라지고 말았을 것이다.

하지만, 실낱같은 기적이 연이어 벌어지며 시도는 목숨을 부지했다.

시도는 미오를 바라보며 가늘게 숨을 내쉬었다.

확실히 미오는 강대했다. 『강하다』는 말만으로는 부족할 정도로 말이다.

시도가 지닌 그 어떤 수단으로도 그녀를 쓰러뜨릴 수 없었다.

〈메타트론〉의 빛도,

〈자드키엘〉의 냉기도,

〈카마엘〉의 불꽃도,

〈미카엘〉의 봉인도,

〈하니엘〉의 변신도,

〈라파엘〉의 바람도,

〈가브리엘〉의 소리도,

〈산달폰〉의 검격도, 미오에게는 통하지 않았다.

분명 〈라지엘〉을 실전에서 쓸 수 있을 정도로 니아의 영력이 남아 있었다 할지라도, 결과는 같았을 것이다.

하지만, 시도의 몸에는 한 가지 더— 천사의 힘이 깃들어 있었다.

"……!"

시도는— 그 천사의 이름을 외쳤다.

"—〈자프키엘〉— 【여섯 번째 탄환^{바브}】!"

그 순간, 시도의 그림자가 술렁— 하고 꿈틀거리더니 시도의 손 안에 모여들어 단총의 형태로 변했다.

그와 동시에, 시도의 왼쪽 눈에서 무기질적인 소리가 들려오기 시작했다.

그렇다. 시도의 왼쪽 눈이 황금색을 띤 시계 문자판으로 변한 것이다.

쿠루미가 지닌 시간의 천사 〈자프키엘〉.

그 힘은 쿠루미가 죽으면서 미오에게 흡수됐지만— 그중 12분의 1인【바브】만은 시도의 몸에 봉인되었던 것이다.

예전에 쿠루미가 시도에게 장난삼아 키스를 했을 때 봉인되었던, 단 하나의 탄환.

그 탄환이 지닌 힘은— 총에 맞은 자의 의식만을 과거의 몸으로 보내는 것이다.

쿠루미는 시도가 죽을 때마다 그의 유해에 입맞춤을 해서 그 힘을 되찾은 후, 자신의 의식을 과거로 보냈다.

하지만, 지금 이 세계의 시도는 아직 죽지 않았다.

필연적으로【바브】의 힘은 시도의 몸에 남아 있는 것이다.

하지만 시도는 지금까지 단 한 번도 〈자프키엘〉을 현현시킨 적이 없었다.

시도 혼자서는 그 방법에, 그 생각에 이르지 못했을지도 모른다.

아아, 그렇다. 쿠루미는 시도에게 남아 있는 그 수를 알려 주기 위해, 마지막 힘을 쥐어짜내 자신의 분신을 미래로 보낸 것이다!

"……아니—?!"

그 순간, 미오의 얼굴에 처음으로 동요에 가까운 감정이

어렸다.

하지만— 이미 늦었다.

"하아아아아아아아아아아아앗—!"

시도는 고함을 지르면서 총구를 자신의 관자놀이에 대고—.

그대로 방아쇠를, 당겼다.

◇

"—!"

안개가 낀 듯한 의식이 깨어난 순간—.

시도의 눈앞에는 별로 가득 찬 하늘이 펼쳐져 있었다.

"……여기는…….."

시도는 하늘을 향하고 있던 고개를 돌려 주변을 살펴보았다.

유리로 된 천장. 새하얀 방. 벽 쪽에는 음료수 자판기와 관엽 식물이 있었다. 벤치 의자에 앉아 있는 시도는 밀크티가 담긴 종이컵을 손에 쥐고 있었다.

—틀림없다. 이곳은 〈프락시너스〉의 휴게 에어리어다. 시도는 종이컵을 의자에 내려놓고 허둥지둥 호주머니에서 스마트폰을 꺼내 화면에 표시된 날짜를 확인했다.

"—2월, 19일……."

그리고 그 날짜를 읊조린 후— 스마트폰을 쥔 손에 힘을 줬다.

그 날은, 〈라타토스크〉와 DEM의 최종결전, 그리고 정령들이 미오에게 몰살당하는 날의, 하루 전날이었다.

"아아—."

시도는 기도를 드리는 것처럼 등을 굽혔고, 그의 입에서는 참을 수 없는 격정이 묻어나는 목소리가 흘러나왔다. 【바브】

가 성공했다는 사실에 대한 안도, 그리고 정령들에 대한 고마움이 그의 마음을 가득 채웠다.

고함이라도 지르고 싶은 심정이었다. 한시라도 빨리 이곳을 벗어나, 정령들을 꼭 안아주고 싶었다.

"……."

그러나 시도는 곧바로 표정을 굳히면서 숨을 삼켰다.

확실히 【바브】에 의해 의식만이 시간을 역행하는 데는 성공했다. 시도는 소멸의 위기에서, 정령들은 죽음이라는 최악의 결말에서 벗어난 것이다.

하지만 그렇다고 해서 모든 문제가 해결된 것은 아니다.

시원의 정령, 타카미야 미오.

〈데우스〉라 불리는 궁극, 절대의 정령.

아무리 시간을 거슬러 올라가더라도, 그녀에게 이길 방법을 찾지 못한다면 결국 같은 결말을 맞이하고 마는 것이다.

그래서는 의미가 없다. 시도는 필사적으로 머리를 굴렸다.

—예전의 세계와 지금 세계의 차이점. 비극을 타파할 가능성.

그것은 시도가 앞으로 일어날 일을 알고 있다는 점이다. 30여 시간 후에 벌어질 정령들의 죽음을 회피할 수 있느냐 없느냐는 시도의 행동에 달려 있다고 해도 과언이 아니다.

하지만, 대체 구체적으로 뭘 어떻게 하면 좋을까. 그 질문에 대한 답을 찾아내는 것은 지극히 어려웠다.

시도는 혼잣말을 중얼거리면서 자기 자신에게 물었다.

—애초에 미오가 출현하지 못하게 하면 어떨까?

안 된다. 미오는 이미 쿠루미의 안에 있는 데다, 레이네로서도 존재하고 있다. 그것은 아마 불가능하리라.

—【바브】를 써서 답을 찾을 때까지 같은 역사를 반복할까?

안 된다. 역사를 바꾼 탓에 시도와 쿠루미, 둘 다 죽기라도 한다면 【바브】를 쓸 수 없는 데다— 그 【바브】 자체가 미오에게서 유래된 힘인 것이다. 그러니 시도가 역사를 되풀이하고 있다는 사실을 미오가 눈치챌 우려가 있다.

—쿠루미의 힘을 봉인한 후, 【유드 베트】를 써서 시도가 30년 전으로 돌아가면 어떨까?

안 된다. 그런 짓을 했다간, 쿠루미의 안에 있는 미오가 시도의 속셈을 눈치채고 말 것이다. 결국 쿠루미가 살해당하고 말리라.

"큭……."

시도는 머리를 감싸 쥐었다. 온갖 방법, 온갖 선택지의 종착점에, 미오가 존재했다.

모든 생물을 죽이고, 모든 법칙을 바꾸며, 모든 존재를 소멸시키는, 시원의 정령.

결국 미오를 쓰러뜨리지 않는 한, 결과는 달라지지 않는 것이다.

"대체 뭘 어떻게 해야 하지……."

그렇게 시도가 당혹감에 사로잡혀 있을 때—.

"—시도?"

등 뒤에서 누군가의 목소리가 들려왔다.

"……아!"

그 목소리를 들은 순간, 시도는 머릿속을 가득 채우고 있던 생각이 전부 사라지는 듯한 착각이 들었다.

그는 고개를 돌려 그 목소리의 주인을 바라보았다.

"이런 데서 뭘 하고 있는 것이냐."

"토카……."

시도는 눈을 크게 뜨고 망연자실한 목소리로 그녀의 이름을 불렀다.

그렇다. 시도의 눈앞에는 귀여운 잠옷을 입은 토카가 서 있었다.

지금 생각해보니 당연했다. 시도는 이때, 이 휴게 에어리어에서 토카를 만나 이야기를 나눴던 것이다.

하지만, 지금의 시도에게는 그런 생각을 할 여유가 없었다.

토카가……. 시도를 격려해서, 일으켜 세우고, 미오와 싸운 끝에— 그 존재 자체가 말소되고 만 소녀가, 눈앞에 서 있었다.

시도는 반쯤 무의식적으로 일어나 양팔을 펼치고 토카를 꼭 끌어안았다.

"토카……, 토카……!"

"어······?! 시, 시도?!"

토카는 시도의 느닷없는 포옹에 놀란 것 같았다. 하지만 눈물을 흘리며 자신의 이름을 부르는 시도를 보고 뭔가를 느낀 건지, 그의 머리를 상냥하게 쓰다듬어줬다.

"음, 나다. —시도, 대체 무슨 일이 있었던 것이냐."

"토카, 나는—."

시도는 격정에 사로잡힌 채, 토카에게 전부 털어놓으려 했다. 이제부터 무슨 일이 일어날지, 토카라는 존재가, 시도를 어떻게 구해줬는지를······.

하지만— 시도는 말을 멈췄다.

이유는 단순했다. 이곳이 바로 〈프락시너스〉 안이기 때문이다.

함내 주요시설에는 스피커 및 마이크가 설치되어 있으며, 곳곳에서 나눈 대화는 데이터화 되어 보존되고 있다. 레이네가 그것을 열람할 가능성이 있는 이상, 이 자리에서 미래 이야기를 하는 것은 피하는 편이 현명하리라.

그래서 시도는 잠시 뜸을 들인 후, 한숨을 내쉬었다.

"······꿈을, 꿨어."

"꿈?"

"······응. 불길한 꿈이야. DEM과의 전투에서 다들 당하고 말았어. 그리고 나는······ 아무것도 못했어. 토카가 그렇게 최선을 다하는데······."

"시도……."

토카는 표정을 풀고 시도의 등을 가볍게 두드려줬다.

"괜찮다. 분명 그런 일은 일어나지 않을 거다."

토카는 그렇게 말한 후, 기쁜 듯한 어조로 말을 이었다.

"흠…… 그렇구나. 시도의 꿈에서 나는 최선을 다했구나."

그 의기양양한 모습을 본 시도는 긴장이 약간 풀리는 느낌을 받았다.

"……응. 그야말로 대활약을 했어."

"후후, 그러냐. 그렇다면 시도가 아무것도 못했을 리가 없다. 분명 꿈속의 나는 시도를 위해 최선을 다했을 게 틀림없으니까 말이다."

"토카……."

"시도는 나를 구원해줬다. 정령인 나를 적으로 여기지 않고 손을 내밀어줬지. 그러니 맹세하마. 나는 무슨 일이 있더라도 시도를 지키겠다."

토카는 그렇게 말하면서 시도를 꼭 끌어안았다.

"그리고— 걱정하지 마라. 시도는 나, 그리고 다른 정령들과 대치해 온 남자이지 않느냐. 이제 와서 DEM 따위에게 당할 리가 없다."

"하하…… 그럴……지도 몰라."

시도는 토카의 말을 듣고 굳어 있던 표정을 풀었다.

토카가 말한 것처럼, 현재 〈라타토스크〉에 있는 정령들은 하나같이 인간 형태를 한 재해라고 불리며 맹위를 떨치던 존재들이었다.

물론 인지를 초월한 힘과 그들이 일으킨 공간진은 정령들이 의도한 것이 아니다. 그렇기 때문에 시도는 대화를 통해 정령들을 봉인할 수 있었던 것이지만—.

"——."

바로 그때였다.

시도는 머릿속에 떠오른 생각에 눈을 크게 떴다.

"……그래. 맞아……."

"음? 시도, 왜 그러느냐?"

토카는 시도의 말이 의아한지 고개를 갸웃거렸다. 시도는 한 번 더 토카를 꼭 안아준 후, 결의를 품으며 포옹을 풀었다.

"—고마워, 토카. 네 덕분에 내가 뭘 해야 할지 깨달은 것 같아."

"음……? 그, 그렇느냐! 그럼 다행이다."

잘은 모르겠지만, 그래도 시도가 기운을 되찾아서 다행이라는 듯이 토카가 미소를 지었다.

시도는 그에 고개를 끄덕인 후, 휴게 에어리어를 나섰다.

그리고 〈프락시너스〉의 기나긴 복도를 성큼성큼 나아갔다.

"……그래."

시도는 작은 목소리로 중얼거렸다.

—왜, 이렇게 간단한 게 생각나지 않았을까.

미오가 너무 갑작스럽게 등장했기 때문에?

미오의 힘이 너무나도 강대했기 때문에?

미오가 정령들을 몰살시켰기 때문에?

아마, 그 모든 것이 이유일 것이다. 시도의 머릿속은 【바브】로 시간을 거슬러 올라간 후에도 공포와 전율에 지배당하고 있었던 것이다.

미오를 쓰러뜨리지 않는 한, 앞으로 나아갈 수 없다. 시도는 방금까지 진심으로 그렇게 생각하고 있었다. 미오를 『적』으로 인식하고 있었다.

하지만— 그렇지 않다.

토카의 말을 들을 때까지, 시도는 잊고 있었던 것이다.

그렇다. 제아무리 강대할지라도, 상대가 정령이라면 시도가 취해야 할 행동은 애초부터 단 하나뿐인데 말이다……!

"……아!"

바로 그때, 시도는 눈썹을 희미하게 떨면서 걸음을 멈췄다.

복도 끝에 있는 한 여성을 발견한 것이다.

대충 묶은 머리카락과, 두 눈가에 존재하는 두꺼운 다크서클.

—〈라타토스크〉 해석관, 무라사메 레이네.

정령인 미오가 정체를 숨긴 모습이었다.

시도는 각오를 다지듯 주먹을 말아 쥔 후, 다시 걸음을 내디뎠다.

"—레이네 씨."

"······음? 아, 무슨 일이야? 신."

레이네는 평소와 다름없는 어조로 그렇게 말했다. 하지만 시도는 그 『신』이라는 호칭을 예전처럼 받아들일 수 없었다.

하지만, 지금은 감상에 젖어 있을 때가 아니었다. 시도는 가늘게 숨을 내쉰 후, 레이네의 눈을 응시하면서— 입을 열었다.

"레이네 씨. —내일, 저와 데이트하지 않을래요?"

To Be Continued

■작가 후기

　시리즈가 시작되고 7년이 흐르고서야, 드디어 그녀가 표지를 장식했다.

　『데이트 어 라이브 18 미오 게임오버』!

　시원의 정령이, 지금 이 자리에 강림한다……!

　자, 평소와 다르게 열렬한 목소리로 말해봤습니다. 안녕하십니까, 타치바나 코우시입니다. 이번 18권은 어떠셨는지요. 여러분께서 재미있게 읽으셨다면 다행입니다. 그건 그렇고 정말이지 불온한 타이틀이군요.

　아무튼, 드디어 미오 양이 등장했습니다. 17권에서 비주얼 자체는 등장했습니다만, 영장을 입은 모습은 처음이군요. 츠나코 씨의 디자인은 항상 멋집니다만, 이번에는 진짜 장난 아닙니다. 예. 완전 장난 아니에요(어휘력 부족).

　딱히 룰을 정해뒀던 것은 아닙니다만, 정령의 영장 디자인은 기본적으로 두 가지 테마에 따르고 있습니다. 하나는 정령의 식별명이 될 듯한 속성, 그리고 다른 하나는 복장으로서의 방향성입니다.

알기 쉬운 예를 들자면, 오리가미는 테마1이 『천사』, 테마2가 『웨딩드레스』. 쿠루미는 테마1이 『몽마』, 테마2가 『고딕 롤리타』, 이런 식입니다. 뭐, 나츠미의 『마녀』나 니아의 『수녀』처럼, 두 테마가 어느 정도 겹쳐지는 경우도 있습니다만, 기본적으로는 두 가지 테마에 따르고 있습니다.

하지만 저는 옷에 대해 해박한 편이 아니기 때문에 테마1 만 설정하고, 테마2를 츠나코 씨와 상의할 때도 적지 않습니다. 이번 미오의 경우도 어떤 영장으로 할지 고민하다, 테마1 『신(神)』과 설정 상 필요한 요소만을 츠나코 씨에게 보내 드렸습니다.

그리고 돌아온 것이 바로 이 디자인입니다. 콘셉트는 『임산부용 드레스(maternity dress)』죠. 오호라, 그런 방법이 있었군요……! 저는 보자마자 무릎을 탁 쳤습니다.

설정 면까지 완벽하게 고려해 주는 최고의 디자인입니다. 정말 멋져요. 이렇게 대단한 판다는 흔치 않다니까요.

17권도 마찬가지였습니다만, 이번에도 전부터 쓰고 싶었던 장면을 집필할 수 있어서 정말 즐거웠습니다. 오랫동안 모아 온 기를 단숨에 발산한 느낌입니다. 특히 라스트 직전의 시도 파트는 「우오오오오오오오오오!」 하고 포효를 지르면서 썼습니다. 이 부분은 꼭 삽화를 부탁드립니다! 하고 담당 편집자님에게 말씀을 드렸으니, 분명 멋진 시도가 그려져 있을 겁니다. 아직 읽지 않으신 분은 서둘러 본편으로 GO하시길!

그리고 히가시데 유이치로 씨께서 집필하신 쿠루미 스핀오프 『데이트 어 불릿』도 곧 3권이 발매되니 잘 부탁드립니다! 그 새하얀 아이는 대체 누구일까요……?!
애니메이션 신 시리즈도 한창 준비 중입니다. 이쪽도 순차적으로 추가 정보가 공개되리라고 생각합니다. 잘 부탁드립니다!

자, 이번에도 많은 분들께 신세를 졌습니다. 츠나코 씨, 담당 편집자님, 디자이너이신 쿠사노 씨, 편집, 영업, 유통, 판매 등에 관여해 주신 모든 분들, 그리고 지금 이 책을 읽고 계신 여러분께, 진심으로 감사드립니다.

다음에 발매될 책은 19권이 될 예정입니다. 대체 이제부터 어떻게 될까요. 두근두근.
그럼 다음 권에서 다시 뵐 수 있기를 진심으로 바랍니다.

2018년 2월 타치바나 코우시

■역자 후기

　안녕하십니까. 근로청년 번역가 이승원입니다.

　『데이트 어 라이브 18 미오 게임오버』를 구매해주셔서 진심으로 감사드립니다.

　정신을 차리고 보니 2018년도 5월이 되었습니다.

　5월! 어느새 1년의 3분의 1이 지나가고 만 거군요.

　이미 지나간 4개월을 회상해보니…… 아프거나, 가족이 아프거나, 집에 물이 새거나, 벽에 금이 가거나…… 아, 악재의 연속이었군요.

　아, 그래도 얼마 전에 어머니 모시고 도쿄 효도 여행을 다녀왔습니다. 스카이트리도 가보고, 도쿄 디즈니랜드, 그리고 우에노 동물원도 다녀왔죠. 기상문제로 도쿄행 비행기가 지연되기는 했습니다만, 그래도 그 외에는 별다른 문제가 없었습니다. 어머니도 즐거워하셨고요. ……입장료만 열 배가량 되는 스카이트리나 디즈니랜드보다 우에노 동물원 관광을 더 즐거워하셨다는 슬픈 일이 벌어지기는 했지만 말이죠.^^ 그래도 오랜만에 효도 여행을 다녀와 저도 꽤 즐거웠습니다. 다음에 또 즐거운 여행을 가기 위해, 열심히 일하고 또 일할 생각입니다! 기다려라, 디즈니 씨! 기다려라, 후지 사파리파크!

그럼 『데이트 어 라이브 18 미오 게임오버』에 대해 조금 이야기해볼까 합니다.

스포일러가 포함되어 있을 수도 있으니 본편을 안 읽으신 분은 유의해주시길!

이번 권은 시작부터 끝까지 충격과 공포였습니다. 지난 권 최후반부의 충격적인 전개로부터 시작된 반전은 작품의 등장인물 전원에게 영향을 미치며 이야기의 근간부터 뒤흔들기 시작했죠.

모든 정령의 근원이자, 최강의 정령인 미오. 〈데우스〉, 즉 신(神)이라는 식별명인 지닌 미오는 자신의 소망을 이루는 데 있어 방해가 되는 것들을 전부 없애려 합니다. 둘도 없는 친구, 애정을 가지고 보살펴 왔던 딸이나 다름없는 소녀들, 그리고 한 소년의 기억까지…….

소중한 이를 지키기 위해 승산 없는 싸움에 임한 이들은 차례차례 쓰러지고, 불사조처럼 다시 일어서 한 가닥 희망을 거머쥐는 듯 했던 소녀조차 이 세상에서 아예 지워지고 맙니다.

그런 절망적인 상황에서도 소녀들과의 추억을 지키기 위해 소년은 발버둥치고, 그런 소년을 위해 또 한 명의 소녀가 나타납니다. 소중한 이들의 희생이 헛되지 않았다는 사실을 증명하듯, 기사회생의 한 수를 알려주고 쓰러진 그녀 덕분에, 소년은 또 한 번의 기회를 손에 넣게 됩니다.

그렇게 절망이 어울리지 않는 소년은 다시 한 번 미오에게 도전합니다. 가장 그 소년다운 방식으로 말이죠.

······정말 충격적인 내용이었습니다. 등장인물들이 추풍낙엽처럼 목숨을 거두니 미오를 미워해야 하는데, 각 장과 장 사이에 있는 단편에서 그려지는 미오의 과거 때문에 저는 그럴 수가 없더군요. 미오가 어떤 식으로 타카미야 신지와 가까워지고, 그를 좋아하게 되었는지를 다루면서, 그녀의 행동에 공감하게 되어 버렸습니다. 게다가 작품 곳곳에 존재하는 복선 회수가 정말······. 미오의 천사 〈아인 소프 오르〉 내부에 있는 소녀를 보니 만감이 교차하더군요. 본편뿐만 아니라 게임 및 극장판 애니메이션의 복선도 깔끔하게 회수됐을 뿐만 아니라, 그 점들을 이용해 미오라는 인물을 더욱 부각시키고 있습니다.

그리고 마지막에 이르러서는 이 작품의 본질로 회귀! 크으, 19권이 벌써부터 기대됩니다!

그럼 이만 줄이겠습니다.

『데이트 어 라이브』를 맡겨주신 L노벨 편집부 여러분. 항상 재미있는 작품을 맡겨주셔서 감사합니다. 앞으로도 잘 부탁드립니다!

툭 하면 놀러오는 악우여. 놀러 오는 건 좋은데, 요즘 너무 자주 오는 거 아냐?! 그리고 왜 올 때마다 몬스터를 헌팅(?)하는 건데?! 역시 나 보러 오는 게 아니라 게임하러 오는 거냐?!

마지막으로 언제나 제게 버팀목이 되어주시는 어머니와 『데이트 어 라이브』를 읽어주신 모든 분들께 진심으로 감사드립니다.

시도의 반격(^^)이 시작될 19권 역자 후기에서 다시 뵙겠습니다!

2018년 5월 초
역자 이승원 올림

데이트 어 라이브 18

1판 1쇄 발행 2018년 6월 10일
1판 5쇄 발행 2022년 6월 24일

지은이_ Koushi Tachibana
일러스트_ Tsunako
옮긴이_ 이승원

발행인_ 신현호
편집장_ 김승신
편집진행_ 권세라 · 최혁수 · 김경민 · 최정민
편집디자인_ 양우연
관리 · 영업_ 김민원

펴낸곳_ (주)디앤씨미디어
등록_ 2002년 4월 25일 제20-260호
주소_ 서울시 구로구 디지털로 26길 111 JnK디지털타워 503호
전화_ 02-333-2513(대표)
팩시밀리_ 02-333-2514
이메일_ lnovellove@naver.com
L노벨 공식 카페_ http://cafe.naver.com/lnovel11

DATE A LIVE Vol.18　MIO GAME OVER
ⓒKoushi Tachibana, Tsunako 2018
First published in Japan in 2018 by KADOKAWA CORPORATION, Tokyo.
Korean translation rights arranged with KADOKAWA CORPORATION, Tokyo.

ISBN 979-11-278-4532-2 04830
ISBN 979-11-278-4271-0 (세트)

값 7,000원

저 어리석은 자에게도 각광을! 1권

히루쿠마 지음 | 유우키 하구레 일러스트 | 이승원 옮김

「돈도 없고, 여자도 없어!」
풋내기 모험가의 마을 액셀의 (자칭) 지배자인
양아치 모험가 더스트는 주머니 사정이 신통찮았다.
신참 모험가 카즈마 일행이 착착 명성을 쌓아가는 가운데—
더스트는 자작극 사기에 도난품 매매,
귀족 영애를 뜯어먹으려고 획책하는 등,
오늘도 액셀 마을에서 돈벌이에 힘썼다!
그런 와중에 나리라 부르며 따르는 대악마 바닐에게서
「재미있는 미래가 찾아올 것이다」라는 불길한 예언을 듣는데?!

너스트 시점에서 그려지는 조금 음란한 외전이 새롭게 시작!

©Kotobuki Yasukiyo 2017
Illustration JohnDee
KADOKAWA CORPORATION

아라포 현자의 이세계 생활 일기 1~2권

코토부키 야스키요 지음 | JohnDee 일러스트 | 김장준 옮김

정리해고 당한 후, 매일 밭을 돌보며 『제로스 멀린』으로서
게임에 빠져 살던 백수 아저씨, 오사코 사토시(40세).
오리지널 마법을 만들어 명실상부 톱 플레이어가 된 그는
최종 보스를 무난하게 공략하지만
로그인 중 발생한 어떤 사고로 생을 마감한다.
그는 홀로 죽었다고 생각했지만,
정신을 차리고 보니 거대한 산림 지대의 한가운데에 서 있었다.
이세계 여신의 말에 따르면 그는 게임 속 능력을 이어받아 전생했다고 한다.
대산림 지대에서 서바이벌을 거치고 전(前) 공작 노인과 만난 제로스는
현자로서 능력을 인정받아 마법을 쓰지 못하는 소녀의
가정교사 일을 의뢰받는데―?!
"나는 평온한 일상이 인생의 모토인데…….."

마흔 살 현자의 이세계 생활 일기 개시!